DARK SIDE

**Quand la réalité dépasse la fiction,
on imprime la réalité.**

DE LA MÊME AUTRICE

La Petite Fille aux oubliettes, Baleine, coll. « Le Poulpe », 2000.
Je ne suis pas raisonnable, Balland, 2001.
Dernier Parking avant la plage, Les Belles Lettres, coll. « Le Cabinet noir », 2003.
Pour en finir avec les hommes (et la choucroute), Balland, coll. « Littérature française », 2004.
Dans l'œil noir du corbeau, Le Cherche midi, 2009.
L'Enfant aux cailloux, Fleuve noir, 2011.
Black Coffee, Fleuve noir, 2013.
À la mesure de nos silences, Fleuve noir, 2015.
White Coffee, Fleuve noir, 2016.
Cinq Cartes brûlées, Fleuve noir, 2020
De cendres et de larmes, Fleuve noir, 2021.
Obsolète, Belfond, 2024.

Sophie Loubière

UNE MINUTE DE SILENCE

DARK SIDE
c/o hachette

Imprint, Dark Side c/o hachette
58, rue Jean Bleuzen – 92178 Vanves Cedex
www.editionsdarkside.com
webpratique@hachette-livre.fr

Direction Dark Side : Catherine Talec
Direction éditoriale : Stéphane Rosa
Direction artistique : Carla Dalvy
Illustration de couverture : Wayne Danza
Mise en pages : Nord Compo
Préparation de copie : François Christophe
Relecture : Anne Le Tilly
Fabrication : Amélie Latsch
Achevé d'imprimer en avril 2025 par Grafica Veneta en Italie.

Dépôt légal : avril 2025
36-9790-8
ISBN : 978-2-01-73091-61/01

À PROPOS DE L'AUTRICE

Romancière et journaliste, Sophie Loubière est une grande voix du roman noir français. Autrice d'une douzaine de romans, elle a également publié deux recueils de nouvelles et écrit de nombreuses fictions podcast. En 2011, *L'Enfant aux cailloux*, plusieurs fois primé et traduit en langue anglaise, remporte un succès international, succès confirmé en 2020 par le Prix Landerneau Polar pour son roman *Cinq cartes brûlées* (Fleuve Noir). Son dernier roman, *Obsolète* (Belfond, 2024), une dystopie comparée à *La Servante écarlate* de Margaret Atwood et à *1984* de George Orwell, a fait l'unanimité dans la presse.

À la mémoire de Karine Albert et de Christiane Demange
et à leurs enfants Alexandra, Paul et Philippe.

Toute réussite déguise une abdication.

Simone de Beauvoir,
Mémoires d'une jeune fille rangée

Il y a quelque chose de plus fort que la mort,
c'est la présence des absents dans la mémoire des vivants.

Jean D'Ormesson

Il n'est point d'hommes en cette terre
dont la culpabilité soit totale.

Robert Badinter

AVERTISSEMENT

Ce livre revient sur un féminicide commis par un député français en 2008. Il porte tout autant sur la personnalité du meurtrier que sur les faits et le contexte, qu'il soit géographique, social ou politique, et sur les circonstances dans lesquelles le crime s'est déroulé.

Les propos recueillis ne vont pas tous dans le même sens. Ils sont parfois contradictoires. Le lecteur est libre de pencher vers l'un ou l'autre de ces petits arrangements avec la réalité. Il est à noter que ceux-ci sont majoritairement opérés par des personnes soucieuses de préserver la mémoire du mis en cause, de ses proches collaborateurs ou des membres des familles touchées par ce drame. D'autres témoignages peuvent relever du désir de se défaire de toute forme de responsabilité ou de sentiment de culpabilité liés au traumatisme vécu.

SOMMAIRE

TROISIÈME PARTIE
KARINE ALBERT, LA TENTATIVE AVORTÉE DE L'AMOUR

QUATRIÈME PARTIE
LA MAISON DÉVASTÉE

SOMMAIRE

CINQUIÈME PARTIE
LES GRIFFES TENACES D'UNE ÉNIGME

La playlist créée par Sophie Loubière
pour accompagner la lecture

PRÉAMBULE

Une bâche de chantier déployée par-dessus le store d'un balcon cache la scène de crime aux curieux. Celui qui dirigeait la ville il y a encore quelques mois vient d'abattre sa maîtresse devant témoins avant de se tirer une balle dans la tête.

Une minute de silence à l'Assemblée nationale, des articles de presse publiés en pagaille pour relater l'affaire, une enquête vite bouclée, des corps inhumés dans l'intimité, et deux enfants traumatisés par la façon dont la nouvelle du décès de leur mère leur est parvenue autant que par les circonstances de ce dernier. L'épouse du meurtrier se donnera la mort quelques mois plus tard, condamnant son fils à hanter une maison vide. Le flot de courriers orduriers adressés à son domicile se tarira, la sculpture représentant un couple enlacé square Jean-Marie-Pelt se couvrira de feuilles mortes, un autre hiver passera sur Thionville, jusqu'aux premières jonquilles.

Et puis rien.

Comme une deuxième sentence.

Pareil silence revient à fourrer dans le même sac coupable et victime.

Effacer ce que l'on ne peut souffrir nous condamne à souffrir l'effacement. Sommes-nous lâches deux fois ? Pourquoi cette affaire est-elle tombée dans l'oubli ?

Une impression d'inachevé me pousse à m'en saisir. Les circonstances particulières de ma vie, l'actualité judiciaire en France (le procès des viols de Mazan) et le contexte politique mondial (la réélection d'un candidat à l'élection présidentielle américaine qui prétend pouvoir *attraper les femmes par la chatte*) pèsent sur ce choix.

Je reviendrai comme une étrangère à l'automne arpenter les rues d'une ville où rien ne demeure d'un drame passé.

Je reconnais en Karine Albert, la victime de Jean-Marie Demange, sinon ma condition de femme, l'élan d'une passion qui aura vécu, l'appréhension de ce que l'autre peut fabriquer avec sa frustration, sa colère, sa douleur, sa fragilité, son besoin de contrôle, sa crainte de l'abandon, sa phobie du rejet, son passé, son orgueil, sa peur de la mort.

Contrairement à elle, j'ai survécu.

Mon regard est tourné vers son meurtrier. Vers ce flot de paroles que déverse sa bouche. Vers ses mains qui l'empoignent. Vers le canon de son arme. L'homme puissant, démis de ses fonctions politiques et sentimentales. Il est le mystère où je plonge, plus seule que jamais, sans le secours de personnages de fiction.

Éprouver du silence ce curieux malaise.

Ouvrir un débat entre littérature et vie.

Quitte à déranger.

Madame, il y a plusieurs types de journalistes, les bons, les autres et les charognards. Vous faites partie de la troisième catégorie. J'ai honte pour vous.

Quitte à déranger le noir et le blanc.

Car je ne crois ni au mal ni au bien. Nous sommes, vous et moi, à chaque seconde, dans un équilibre de gris.

Sachez-le.

PREMIÈRE PARTIE

LE CRIME

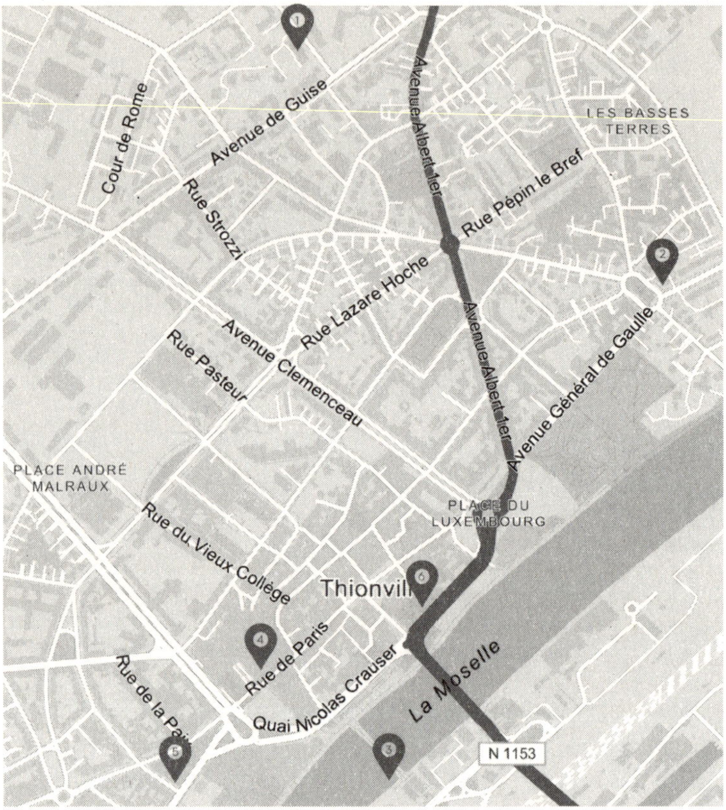

Thionville, Moselle

1 : 2, rue des Pyramides (appartement de Karine Albert)

2 : Restaurant de Karine Albert

3 : La péniche abandonnée *Le Lotus*

4 : Cabinet médical des docteurs Demange

5 : Sculpture *L'Union* de Louis Lutz

6 : Hôtel de ville

J'étais en train d'éplucher une patate.

René Rio, 60 ans

17 novembre 2008, 11 h 45

Charline promenait son chien dans le quartier, rue de Carthage.

— De la rue, on voit le balcon.

Mais des arbres gênaient sa vision, précise-t-elle au journaliste hors champ.

— Je ne voyais pas aussi bien que les gens qui habitent là.

Les gens de l'immeuble.

— Ils ont assisté à tout en direct.

Parce que ça s'est passé en plein jour.

— Je pense qu'elle essayait d'aller sur le balcon pour que les gens l'entendent.

Charline a perçu des cris. Les hurlements d'une femme.

Un autre témoin interrogé par le journaliste du *Républicain Lorrain*, René Rio, ancien CRS à la retraite, préparait son repas lorsque tout a commencé.

— J'étais en train d'éplucher une patate.

Il s'est tourné vers la fenêtre et c'est là qu'il l'a vu.

— Monsieur Demange, sur le balcon de la résidence.

Le balcon est celui du deuxième étage. Il n'est pas précisé à quelle distance de la scène se tenait René. On devine qu'il habite l'immeuble situé à une dizaine de mètres de la résidence et dont l'accès se fait par l'avenue de Guise, une rue perpendiculaire à la rue des Pyramides.

— J'étais pas sûr que c'était lui parce qu'il avait un peu le dos tourné.

La femme a hurlé *Au secours ! Appelez la police !* Mais le témoin avait déjà composé le 15. Au moins quatre personnes composeront ce numéro entre 11 h 45 et 11 h 50.

— Le gars qui habite au troisième, il a tout vu aussi.

Tous les deux criaient *Et alors espèce de connard, tu vas t'arrêter ?* Ils étaient prêts à descendre pour intervenir.

— Mais quand on a vu le pétard…

Le journaliste demande à l'homme de préciser de quelle nature était l'arme, s'il s'agissait d'un fusil.

— Non, un pistolet, je ne sais pas ce que c'était, un .22 Long Rifle… Dans la main, je l'ai vu. PAN !… Merde ! Il était trop tard, alors il s'est relevé, il a fait ça…

Le témoin approche la main de sa tempe.

— Il a reculé, il est parti dans l'appartement et il a tiré tout de suite. PAN ! Et j'ai entendu BROUM !

Le bruit du corps qui s'effondre.

— Il s'était suicidé.

Le son du reportage vidéo ne permet pas d'entendre la question posée par le journaliste, mais on comprend qu'il demande au témoin si une dispute a précédé les coups de feu.

— Avant, oui. Il la tabassait. Il la secouait. Il essayait de l'attirer dans l'appartement mais elle s'agrippait.

À un moment, la femme tenait contre elle ce qu'il décrit comme *une sorte de manteau kaki.*

— Elle a réussi à le jeter par-dessus le balcon.

Le manteau est tombé sur le garde-corps en dessous, au premier étage. Elle voulait enjamber le balcon pour échapper à son agresseur, quitte à se casser les jambes.

— C'est quand j'ai vu le pétard dans la main…

Il s'est dit *Putain, il va quand même pas la buter.*

— Et il l'a fait.

René baisse la tête.

— Au début ça allait, mais maintenant, ça me tourne.

Charline, la jeune femme qui promenait son chien, n'a pas assisté à la scène.

— Moi, à ce moment-là, j'étais déjà au téléphone avec la police, mais je ne savais pas exactement où je me trouvais, je ne connaissais pas le numéro de la maison.

Ils lui ont demandé d'attendre sur le trottoir.

— Au même moment, il y a eu les coups de feu.

Elle leur a dit *Il vient d'y avoir des coups de feu.*

Quand les officiers de police sont arrivés, Charline n'avait pas bougé. Elle était sur le trottoir avec son chien. Elle leur a désigné la résidence.

— Ils sont montés au deuxième étage.

Mais c'était trop tard et l'histoire s'arrête-là.

Ce sont les premières images en rapport avec l'affaire que je visionne.

Elles ont été tournées sur place dans l'heure qui a suivi le féminicide.

Le lendemain, l'affaire enflammait la presse.

La question philosophique du mal s'impose d'autant plus à nous que nous sommes en difficulté, que nous entrons ou sortons d'épreuves que nous peinons à cerner et à comprendre.

Dominique Bourg,
Dévastation. La question du mal aujourd'hui (2024)

Annus horribilis

L'année où l'affaire Jean-Marie Demange s'impose à moi est la plus meurtrière que je connaisse. Notre famille s'endeuille, de proches amis s'en vont. Huit décès, en 2024. Une série d'épreuves télescope un roman en cours d'écriture et ce projet littéraire.

Le mercredi 13 mars, lors d'une intervention d'autrice auprès d'apprentis au Pôle formation UIMM Lorraine de Yutz, j'entends parler pour la première fois de ce féminicide. Anne-Sophie Thébert, la formatrice à laquelle je dois cette invitation, me conduit en voiture vers le lieu d'intervention. Nous traversons Thionville. Des pavillons et des bâtiments défilent derrière la vitre. C'est une journée frileuse et claire. Le printemps s'apprête à reverdir les arbres. Je ne sais plus qui a mentionné le fait divers non loin de la rue des Pyramides, Anne-Sophie ou Mélody Sadafonte, la professeure d'anglais, assise sur la banquette arrière. Le prestige et le statut social du meurtrier, l'exposition publique de son crime, la brutalité du geste, l'usage d'une arme à feu, le suicide qui mêle à jamais le sang de l'assassin à celui de sa victime, tout dans cette affaire me happe. J'y vois la quintessence de l'abus de pouvoir incarnée dans une figure tutélaire du patriarcat, celle de l'homme politique. Pourquoi n'ai-je gardé aucun souvenir de ce féminicide ? Pourquoi ? Un crime mettant en cause un élu ferait aujourd'hui la une des journaux, ébranlerait jusqu'aux plus hautes sphères de l'État. L'affaire serait commentée, analysée, décryptée durant des semaines, jusqu'à la nausée.

Ma première pensée va vers la victime et ses enfants. J'ignore tout de son meurtrier, de sa vie personnelle et de sa carrière politique. Je n'ai pas encore donné naissance à son histoire.

Mélody m'adresse par mail les premiers éléments d'information sur l'affaire. Dérangement passager ou conséquence d'un enchaînement de circonstances, la violence avec laquelle semble s'être déroulé le féminicide relève à l'évidence du coup de folie.

La raison bascule parfois sans prévenir et tout est dévasté. J'en sais quelque chose. Il y a longtemps, ma famille a traversé cette épreuve. Et celle de mon mari, à cette période, en prend alors le même chemin.

Quelques semaines avant mon déplacement en Moselle, ma belle-mère fait une chute à son domicile. Épaule cassée. Son hospitalisation sonne le début d'un cauchemar. À 88 ans, Lucien et Christiane – ma belle-mère porte le prénom de l'épouse de Jean-Marie Demange – atteignent un point de non-retour. Le quotidien de mon mari se confronte à la maladie, à la dégradation physique et mentale, aux expertises médicales. Lucien est victime d'un accident de la route, Christiane retombe deux fois, subit trois opérations. En plus de pathologies physiques, mes beaux-parents sont en proie à des épisodes de démence sénile. Christiane demande des nouvelles de sa sœur morte depuis plus de trente ans, Lucien met à cuire des pâtes et s'en va faire les courses en laissant la casserole sur le feu. Il ne se rase plus, ne se lave guère, souffre d'incontinence. Un dimanche, on les a surpris ivres et nus chantant et dansant sur le balcon. Clameur d'une insouciance retrouvée ? Ils n'ont que faire de leur image, de la voisine, des passants dans la rue. Ont-ils seulement conscience de ce qu'ils font ? C'est un balcon où s'agite la folie, comme un écho à l'affaire Jean-Marie Demange.

Il faut les rapatrier d'urgence de Cannes à Paris, trouver un EHPAD en mesure de les accueillir. Les dossiers administratifs s'additionnent, se complexifient. Je suspends l'écriture de mon roman et mets de côté ce fait divers afin d'épauler mon mari. Le week-end, je me consacre aux engagements professionnels, les festivals et salons littéraires dans lesquels je présente mon dernier ouvrage. Son sujet, l'obsolescence programmée des femmes de plus de 50 ans, adhère à ma peau et à l'actualité, enthousiasme ou sidère certaines lectrices. Derrière le recyclage des quinquas du XXIIIe siècle, ces dernières imaginent le pire. Ne les a-t-on pas conditionnées à mal finir ? Depuis des lustres, des récits d'anticipation majoritairement écrits par des hommes ne proposent pas d'autres modèles de société que des dictatures, condamnant sous leur plume des peuples à la soumission et à la bêtise, où les violences sur les femmes sont banalisées, organisées, légitimées.

Sur les réseaux sociaux, mes publications donnent l'impression que ma vie n'est faite que de rencontres littéraires exaltantes. Dans les villes traversées, je photographie souvent la gare, une façade Art déco, le plat du jour ou un détail de ma chambre d'hôtel. Pas le temps de visiter. Sur une chaise de 10 heures à 18 heures, en dédicace sous un chapiteau, blafarde sous la rampe de spots d'une salle polyvalente, je termine aphone, épuisée par la foule, la tension, les sourires.

Le dimanche soir, ma valise échouée dans le couloir d'entrée, je retrouve un chien en mal de caresses et les odeurs de cuisine – mon mari et mon fils m'attendent pour dîner. Sur mon bureau, une pile de dossiers à remplir. APA, AAH, ASV, ALD, APL. Acronymes barbares. La plupart des formulaires requièrent des pièces inexistantes. Mes beaux-parents conservaient les catalogues de *L'Homme Moderne* et les publicités des supermarchés, pas les courriers et documents officiels. S'ajoutent à ces démarches des procédures de recouvrement ou de saisie en cours. De quoi constituer un copieux dossier de surendettement. Les tracas de mon beau-père avec l'administration fiscale sont ubuesques. De ses années de guerre en Algérie d'où il a failli ne pas revenir, la République n'a cure. L'État-providence s'arrête à sa porte. Les arnaques commerciales dont il est victime révèlent un haut niveau de négligence et de fragilité pécuniaire du couple. Il faut mettre en vente l'appartement pour rembourser les dettes contractées et financer les futurs frais d'EHPAD.

Mi-juillet, mon mari et moi descendons à Cannes afin de nettoyer, débarrasser de vieux meubles farcis de reliques souvent sans valeur emmaillotées dans des sacs plastiques. Nous occupons la chambre de Christiane ; s'impose à mes songes l'image de cette femme aux yeux bleus qui s'étiole, la peau sur les os. L'été se pare de tristesse, brûle d'un soleil sans nuages. Les atermoiements de Macron pour nommer un Premier ministre sont à leur paroxysme alors que je localise enfin l'origine de l'effluence émanant de la chambre de Lucien – une couche roulée en boule au fond du tiroir à chaussettes.

Draps. Couvertures. Tapis. La machine à laver tourne et siffle. Effacer les traces olfactives. L'appartement est plein de choses inutiles. Mais aucune trace de photos de classe, de jouets ou de cahiers d'écolier. De l'enfance de leur fils, Lucien et Christiane n'ont rien conservé. Il faudra se consoler avec des lots de torchons et de serviettes de table n'ayant jamais servi, quelques assiettes dorées à l'or fin dépareillées, des compresses stériles, l'appareil à raclette – encore sous emballage – que nous leur avions offert, des masques de protection respiratoire et une centaine de boîtes de Dafalgan.

Aussi déplumée que l'appartement, l'affaire Jean-Marie Demange occupe mes pensées. Entre deux cartons à descendre dans le box au sous-sol de l'immeuble, je lance ma ligne, passe quelques coups de fil. Pascal Salciarini, le chef du service Lorraine Magazine à *L'Est Républicain*, répond à mon appel.

— Quel drame et quel fait divers violent…

Tout ceci a eu lieu en zone *Républicain Lorrain*, à une époque où les titres de presse n'étaient pas cousins.

— Donc, à *L'Est Républicain*, personne n'a couvert. Mais il y a les archives.

Pascal m'apprend que Jean-Marie Demange était un élu puissant, influant, avec de vrais soutiens politiques.

— Je crains que tu ne trouves porte close, c'est une affaire intime, dont les protagonistes ne seront sans doute pas enclins à se livrer. Ensuite il y a un truc qui s'appelle la chance et, en journalisme, cela compte.

Sur ses conseils, je contacte *le boss* du *Républicain Lorrain* à Thionville. L'accueil est chaleureux. Ludovic Behrlé peut m'aider. Mais c'est l'été. *Je sensibiliserai Pierre Cuny à son retour de vacances*, m'écrit-il. Pierre Cuny, l'actuel maire de Thionville, était un proche de Jean-Marie Demange au cours des derniers mois de sa vie.

— Personne ne te dira rien, Sophie, me met en garde un camarade thionvillois. Ici, les gens ne veulent plus entendre parler de cette affaire.

De passage à Nice, Nathalie Mauret, journaliste au groupe EBRA[1], s'enthousiasme pour le sujet. Son regard brille tandis qu'elle tapote sur l'écran de son iPhone. Ma précieuse amie donne de l'eau au moulin qui tournicote dans ma tête : articles de presse nationale non accessibles sur le Net, contacts, j'engrange.

Le matin, un café à peine avalé, mon mari et moi poursuivons notre labeur. Trier, jeter jusqu'à la fin du jour. Nous dînons parmi les vacanciers, noyons la fatigue au fond d'un verre, bouleversés par la beauté du ciel couchant à la terrasse d'un restaurant. Le sable, la plage, je me contenterai de les prendre en photo. Le merveilleux, malgré tout, réside dans la façon de vivre les choses. Il y a tant d'apaisement et de douceur sous la brise de minuit.

---

[1] Est Bourgogne Rhône Alpes est un groupe de presse quotidienne régionale français présent dans l'est de la France. Il contrôle neuf quotidiens, dont *Le Dauphiné libéré*, *Le Progrès*, *L'Alsace*, *Les Dernières Nouvelles d'Alsace*, *Le Républicain Lorrain* et *L'Est Républicain*.

Les jours rabotent les heures ; le temps que je pensais consacrer à ce projet se réduit comme peau de chagrin. Je peux sentir en moi les grains du sablier s'écouler. Accablée de chaleur à la fête du village de Gourdon, surprise par un déjeuner somptueux à bord d'un bateau en mer au cap Ferret, j'ai repris en août la route des salons littéraires.

Deux décès nous ébranlent à la fin de l'été.

Parée de sa maigreur, Christiane a capitulé.

Deuils, peines, empêchements majeurs.

Si peu de traces demeurent de celle qui n'aura eu de cesse d'enfouir en elle son passé.

Si peu de voix sont capables de dire pourquoi les uns partent et les autres restent…

Je visionne les vidéos du *Républicain Lorrain* tournées le jour où Jean-Marie Demange a tué Karine Albert, les clichés pris au téléobjectif par un photographe de l'AFP montrant la police scientifique qui s'affaire sur le balcon.

Tension mouvante des images muettes.

Soudain, ce livre s'impose. Entre mes morts, les vivants, ma vie et l'œuvre. Il faut me rendre sur place. Faire germer du silence un bourgeon de vérité. Car cette histoire est truffée de zones d'ombre, de fantasmes, de chausse-trappes. Et personne ne l'a jamais écrite.

C'est un acte physique, écrire. Remplir des blancs. Remplir des pages. Des blocs d'écriture poussent les autres. Entre deux lessives, le bruit des caddies dans l'allée d'un supermarché, un brin de ménage, un repas à préparer, une promenade du chien, une visite à Lucien dans son EHPAD, une rencontre en librairie à Boulogne-sur-Mer, un salon littéraire à Nancy, Chambéry, Besançon, Lille ou Villeneuve-lès-Avignon, la mélancolie entre en moi, me maintient à proximité d'une histoire qui n'existe encore que pour moi et dépend de moi comme un tout petit enfant.

Le temps file. Le 25 octobre, mon oncle paternel, dont j'admirais les bosquets d'hortensias et la retraite paisible, décède. Le 17 novembre, date anniversaire du drame de Thionville, j'ai encore le cul sur une chaise dans un salon du polar à Ormesson. Je dédicace mes livres. Le goudron de la route nationale a des reflets bleu réglisse lorsque je repars sous la pluie. Le 20, des flocons tombent sur Bruxelles. J'enquille deux interviews à la télévision belge. À Liège, je photographie l'une des plus belles gares du monde. Le froid majestueux s'apaise.

Dans la nuit du 26, Lucien rejoint Blanche-Neige dans son sommeil de mort. Une semaine auparavant, Olivier, notre témoin de mariage, a été victime d'une crise cardiaque. Le bruit feutré des compartiments de première, le brouhaha des stands où se bousculent les gens pour une dédicace, le crissement d'une fourchette ou d'un couteau sur une assiette pendant les dîners à la maison décuplent l'angoisse qui me tient et raidit mon cœur, contracte tous mes membres.

Il sortira bien quelque chose de cette terreur muette, de cette peur de blesser plus que d'apaiser.

Besoin d'une certaine douceur.

C'est la vie que j'écris.

Cette pauvre petite, elle était si gentille, si jolie.
Toujours un petit mot agréable pour me saluer
lorsqu'elle arrosait ses géraniums.

Odette, 81 ans.

La fable

Les vérités les plus fragiles, les vérités de fait ne sont pas des vérités révélées, elles s'établissent selon une enquête, un contexte.

Le péril du mensonge est permanent.

Un bon journal est celui qui est capable de ne pas être prisonnier de ses lecteurs, ni de ses investisseurs. Car ses premiers adversaires sont les puissances économiques, politiques ou étatiques qui, pour défendre leurs propres intérêts, combattent souvent la vérité, sans avoir même besoin d'intervenir, car sachant sa plume scrutée à chaque instant, le journaliste avance avec prudence. Il fera le choix de taire ou d'abraser, cherchant à épargner sa tête. Personne n'est irremplaçable.

Quelle est la part de vérité dans l'affaire Demange ? La réalité d'un fait suffit-elle à asseoir une vérité ? Qui peut, à ce stade de l'histoire, dire précisément quelles étaient les véritables intentions du député en venant armé dans l'appartement de Karine Albert et ce qui s'est passé ? La difficulté sera pour moi de distinguer des témoignages produits par des personnes directement concernées ou par des journalistes ayant travaillé sur l'affaire ce qui relève de la vérité ou de la fable.

L'agence du *Républicain Lorrain* de Thionville étant située place Claude-Arnoult, à moins d'un kilomètre de la scène de crime, les premiers reporters arrivent rapidement sur les lieux, bientôt rejoints par les correspondants de médias nationaux. Les témoignages qu'ils recueillent convergent : c'est un meurtre épouvantable auquel les gens ont assisté. L'élu incriminé est présenté sous un aspect terrifiant.

Je pensais que c'étaient des gamins qui faisaient du bruit dans la cour, confie Florent, 37 ans, au *Nouvel Obs* : il travaillait sur son ordinateur quand il a entendu quelqu'un crier *au secours*. Penché à la fenêtre, il assiste au drame. René Rio, le CRS à la retraite, dont l'appartement offre une vue plongeante sur le balcon depuis l'immeuble d'en face, narre le déroulement des faits au journal *Le Parisien* et brosse le portrait d'*un homme en furie aux cheveux blancs* qui n'arrêtait pas de frapper sa pauvre voisine, *de lui donner des coups de poing*. À ce moment-là, René ignore qu'il s'agit de l'ancien maire de Thionville. *Il voulait la ramener dans l'appartement mais elle résistait en s'accrochant à la rampe.* Avec d'autres voisins, le retraité lui a crié d'arrêter, *mais c'est comme s'il n'entendait rien.* L'agresseur réussit à ramener sa victime dans le salon et le témoin pense entendre comme un bruit de verre brisé. La dispute se poursuit à l'intérieur du logement avant que le couple ne réapparaisse sur le balcon. Pour *Le Parisien*, la scène que décrit alors l'ancien CRS est celle d'une *exécution* : Jean-Marie Demange aurait légèrement soulevé le buste de Karine Albert avant d'approcher son arme de sa tête et de tirer. Elle se serait effondrée sur le coup. *Il l'a regardée puis, immédiatement, il est venu placer le canon du pistolet sur sa tempe. Il a reculé vers l'appartement et on a entendu une seconde détonation.*

Je reviendrai sur le déroulement des faits mais à cet instant, la presse parle de deux balles tirées.

Il tue son amie et se suicide
Le coup de folie de Jean-Marie Demange

Le 18 novembre, le député fait la une du *Républicain Lorrain*. Trois journalistes se sont attelés à la tâche : Patrick Jacquemot,

Saada-Gisèle Sebaoui et Laurence Schmitt. Leurs articles vont alimenter les éditions locales et régionales. En page 2, ils évoquent *un drame de la passion* et *un scénario de l'horreur*. On y trouve les témoignages de Charline, la jeune femme qui promenait son chien, et de René Rio, l'ancien CRS éplucheur de pommes de terre, filmés et mis en ligne sur le site du journal dans l'heure qui a suivi le féminicide. La déclaration de ce dernier gagne en précision : la dispute se serait déroulée entre 11 h 45 et 11 h 50, et Jean-Marie Demange aurait donné *des coups de pied et des coups de poing* à Karine Albert pour la faire rentrer à l'intérieur de l'appartement.

Un autre témoin direct est Odette Pezier, une femme âgée de 81 ans. Son balcon est situé dans la diagonale de celui de Karine Albert, dans le même immeuble que Florent, l'homme à sa fenêtre, et René Rio. L'octogénaire a assisté en direct au meurtre. Condamnée dès lors à un vis-à-vis mortifère, elle sait qu'elle ne s'en remettra jamais. *Je la vois encore au sol lorsqu'il l'a suivie. Elle était à quatre pattes et il n'arrêtait pas de la battre. Je lui disais de tenir, que la police allait arriver.* Odette Pezier suppose que Karine Albert est décédée avant même de recevoir une balle à bout touchant. *Elle ne bougeait plus.* La scène est si choquante que la retraitée ne peut le supporter et retourne dans sa cuisine. Lorsqu'elle ose remettre un pied dehors, les policiers sont sur le balcon, auprès de la victime. *Cette pauvre petite, elle était si gentille, si jolie. Toujours un petit mot agréable pour me saluer lorsqu'elle arrosait ses géraniums.*

J'imagine le matin vibrant de fraîcheur, Karine Albert éclairée d'un reflet du soleil sur la baie vitrée, penchée sur les fleurs aux pétales rouge baiser. Inclinant son arrosoir avec délicatesse, elle adresse un sourire à sa voisine.

L'article du *Républicain Lorrain* est enrichi de photos qui retracent les temps forts de la journée : l'installation d'un périmètre de sécurité, l'arrivée des proches et des enquêteurs, les curieux derrière les rubalises, l'accrochage de grandes bâches au store du balcon par la police afin de dissimuler la scène de crime, le procureur de la République Jean-François Mailhes accompagné de son substitut au pied de l'immeuble, une femme officier de la police scientifique en combinaison blanche quittant la résidence… Une autre photo la montre procédant à un relevé sur une Peugeot 306 gris métallisé, voiture personnelle de Jean-Marie Demange, stationnée non loin de là. Le véhicule sera chargé sur une dépanneuse pour rejoindre les scellés.

Le nouveau maire de la ville, le socialiste Bertrand Mertz, apparaît aussi sur l'un des clichés : il remonte la rue tête basse, tenant le bras de son épouse. L'élu semble très affecté. Cela n'a rien d'une posture. Une vidéo tournée le même jour montre l'état de sidération dans lequel se trouve l'avocat qui a battu aux élections l'ancien maire de la ville. Jeu cruel de la politique. *Je ne sais pas quoi dire. C'est un tel drame humain. Je pense à ces deux enfants qui ont perdu leur mère.* Lors de notre entretien, il reviendra longuement sur ce moment auquel sa nouvelle fonction ne l'avait pas préparé.

Le papier s'achève sur la conférence de presse donnée à 17 heures par le procureur au tribunal de grande instance de Thionville en présence d'Éric Voulleminot, chef de la police judiciaire à Strasbourg, et de Xavier Gay-Heuzey, commissaire central de Thionville. Je note que l'enquête *pour meurtre suivie d'un suicide* est confiée à la police judiciaire de Metz et que l'autopsie des deux corps est prévue le jour même. *La prudence est de mise*, est-il écrit dans l'article. Les journalistes ont interrogé le procureur, Jean-François Mailhes, sur la nature des relations qui liaient la victime au député, mais ce dernier ne s'est pas risqué à formuler la moindre hypothèse. *Toutes sont privilégiées.*

Dans un premier temps, il compte interroger l'entourage direct des victimes et s'en tenir aux faits : Jean-Marie Demange a été retrouvé mort dans le salon de la victime, étendu au sol, un pistolet semi-automatique dans la main droite, le corps de Karine Albert se trouvait sur le balcon. Le constat médico-légal l'atteste : tous deux ont été atteints d'une balle dans la tête et sont morts sur le coup. Quatre témoins directs ont été entendus[2]. C'est sur la base de leur

[2] On peut supposer qu'il s'agit de Charline, Odette, René et Florent.

récit (corroboré par les premiers relevés des équipes scientifiques effectués sur place) que le fil des événements a pu être reconstitué : celui d'une dispute violente qui se poursuit sur le balcon. La victime a ensuite été contrainte de rentrer. Lorsqu'elle est parvenue à ressortir, Jean-Marie Demange l'a rejointe, l'a battue et lui a tiré une balle dans la tête avant de reculer[3] à l'intérieur de l'appartement et de se suicider quelques secondes plus tard.

Le scénario ainsi établi fixe une image qui reste inscrite dans l'esprit des lecteurs du journal, en particulier des habitants de Thionville et du département de la Moselle : celle d'un forcené dont les poings s'abattent sur une femme sans défense et qui, froidement, l'exécute.

En page 3, le journal s'interroge déjà sur la succession du député : qui pour reprendre sa place sur le banc de l'Assemblée ? La famille politique demande quelques jours de réflexion, le temps pour elle de se remettre du rude coup qui vient de la frapper.

Page 7, dans l'édition régionale, les titres sont éloquents. *Grandeur et décadence*, *Coup de massue sur la ville.* On y décrit des Thionvillois tout autant bouleversés qu'embarrassés par la nouvelle. Une vendeuse de sandwichs du centre-ville risque un timide *C'était quelqu'un, un Monsieur. Comment a-t-il pu aller jusque-là ?* On s'interroge sur ce qui a pu pousser *cet animal politique* à commettre un acte aussi odieux, on refait son parcours d'homme dévoué à la vie publique depuis son premier mandat de conseiller général du canton de Thionville-Ouest en 1985. Ambitieux, passionné, excessif, autoritaire, c'est une *diva politique* galvanisée par ses succès qui charme son monde, établit son emprise sur les autres, règne sur *sa ville*, se croit indétrônable. Son équipe est une garde rapprochée dont il siphonne toute l'énergie. Démis de ses fonctions de maire, il bascule, tombe dans la dépression, s'épanche sur son sort. C'est un pleurnichard. Un mauvais perdant. Un type qui a encore *le*

[3] Je cite ici le terme employé par René et Florent, témoins directs de la scène.

besoin d'établir un fort lien de subordination avec les autres et qui *n'a pas imaginé partir seul, entraînant avec fracas et horreur une mère de deux enfants.*

La messe est dite.

Interrogé par Patrick Jacquemot, présenté comme *le plus jeune conseiller municipal de la ville*, Matthieu Schmidt nuance : selon lui, la perte de la mairie avait atteint le député *dans son âme. C'est le geste d'un homme seul.*

Je retourne en page 3, m'attarde sur une photographie de Jean-Marie Demange, prise le 11 novembre, jour de commémoration officielle, un moment symbolique de cohésion nationale auquel Bertrand Mertz l'a convié. C'est sa dernière apparition publique. L'angle de prise de vue accentue l'idée d'une dégringolade, plaçant le maire déchu en bas de l'image et son successeur tout en haut. Un commandant de police et un colonel de l'armée de terre à la stature imposante les séparent. Gantés de blancs, solennels dans leurs uniformes, ils font le salut militaire. Demange ne regarde pas dans la même direction que les autres représentants officiels. *Il aura cette attitude durant toute la cérémonie*, dira de lui Philippe Neu, reporter photographe au *Républicain Lorrain* et auteur du cliché.

Le menton levé, Demange guette le ciel. Pas un oiseau pour fendre les nuages. Le visage crispé, engoncé dans un imperméable boutonné jusqu'au menton, il s'est déjà perdu.

On ne fait pas de politique avec de la morale,
mais on n'en fait pas davantage sans.
André Malraux

Buffet à volonté

Les élus du peuple tués dans l'exercice de leurs fonctions sont nombreux. Plus rares sont les hommes politiques à avoir commis un meurtre au cours d'un mandat, les grands et petits dictateurs de l'Histoire mis à part. Ceux ayant assassiné leur compagne se comptent sur les doigts d'une main. Parmi eux, notons le cas particulier de l'ancien député Bernard Wesphael. Cet homme politique de nationalité belge a été jugé pour le meurtre de sa femme dont le corps sans vie fut découvert dans une chambre d'hôtel où séjournait le couple, à Ostende. Bernard Wesphael a assuré que son épouse s'était suicidée dans la salle de bain en plaçant un sac plastique sur sa tête tandis qu'il piquait un roupillon sur le lit. À la police, il a expliqué que les marques constatées sur le corps de la victime étaient consécutives à un subit accès de folie au cours duquel sa pauvre femme se serait frappé la tête contre le sol. Au cours du procès, la thèse d'une dispute qui aurait mal tourné en rapport avec une liaison qu'entretenait la victime est évoquée. Mais l'ancien député est acquitté, au bénéfice du doute. Sachant que 43 % des féminicides sont commis à la suite d'une dispute et que 27 % le sont par jalousie, on peut s'interroger sur ce qui a pesé dans la balance de la justice.

Plus récemment, en mai 2024, un crime a déclenché la colère des mouvements féministes au Kazakhstan, un pays d'Asie centrale où la société est largement patriarcale. L'ancien ministre de l'Économie, Kouandyk Bishimbaïev, a été reconnu coupable d'avoir causé la mort de son épouse âgée de 31 ans. Lors du procès, des images de vidéosurveillance prises dans un restaurant ont montré l'ancien ministre battant sa femme alors qu'elle était à terre, puis poursuivre tranquillement son dîner, laissant la victime agoniser à ses pieds. Cette dernière décédera quelques heures plus tard. Est-il nécessaire de préciser que l'ancien ministre a plaidé non coupable ?

Le crime d'un élu relève plus généralement du domaine pécuniaire. Fraude fiscale, complicité d'abus de biens sociaux, détournement de fonds publics, pots-de-vin, corruption, emplois fictifs, son champ d'action est facilité par ses fonctions et le cumul de mandats. Les déboires de ceux qui cèdent à la tentation et font les gros titres amusent plutôt la galerie : François Fillon, les époux Balkany, Jérôme Cahuzac, Jacques Médecin, Michel Mouillot[4], Claude Guéant ou encore Bernard Tapie ont fait le bonheur des humoristes et éditorialistes de tous bords.

L'animal politique (tel que le définit Aristote), ce souverain, dominé par sa libido et sa toute-puissance, se croit parfois irrésistible. Nul besoin de guetter sa proie, elle vient à lui sans effort dans les couloirs du pouvoir et en tout lieu où ce digne représentant de l'État et de ses administrés opère. Le lobby cossu d'un hôtel de luxe, la banquette arrière d'un taxi, un bureau feutré, il n'y a qu'à se servir. Attouchements, agressions sexuelles, harcèlements, abus d'autorité, des femmes et des hommes ont subi sans rien dire ces comportements lamentables, ou refusé d'en être l'objet à leurs risques et périls.

En France, l'ex-directeur général du FMI Dominique Strauss-Khan, les maires Georges Tron et Éric Raoult, les députés Gérard Ducray et Denis Baupin, les anciens ministres Damien Abad et Nicolas Hulot ou encore l'ex-secrétaire d'État Jean-Vincent Placé apprendront aux dépens de leur carrière que la fonction publique n'inclut pas l'option « pause gourmande » ou « buffet à volonté ». Certains d'entre eux ont été condamnés, d'autres relaxés,

[4] Maire UDF de Cannes entre 1989 et 1997.

ou les affaires les mettant en cause ont été classées sans suite[5], mais tous ont subi le feu brûlant des projecteurs médiatiques et judiciaires.

Il n'y a pas de « petit délit » ou de main baladeuse lorsqu'on porte la charge d'une fonction qui nous a été donnée par un vote démocratique. Pour certains hommes, ces pratiques archaïques semblent cependant indissociables de la vie politique. Ouvrir à poil à une femme de ménage dans un hôtel, glisser la main dans la culotte d'une employée municipale, commettre des agressions sexuelles sous couvert de réflexologie et de massages thérapeutiques des pieds, harceler sexuellement une ancienne collaboratrice en lui adressant des milliers de textos, droguer des femmes pour abuser d'elles, inviter une jeune journaliste à faire un reportage et lui imposer une relation charnelle, certains messieurs ne manquent pas d'imagination. Mais aller jusqu'à commettre un assassinat…

Exécuter une femme sur son balcon, en plein jour, sous les yeux des voisins et des passants hébétés, aucun élu ne s'y était encore risqué.

Le symbole est fort, à la hauteur du personnage mis en cause dans cette affaire. L'élu déchu s'offre une dernière apparition fracassante, comme un baroud d'honneur adressé aux électeurs. C'est le premier décryptage que je fais de ce féminicide : une mise à mort en place publique, digne d'un tribun. Un crime effroyable jeté à la face de celles et ceux qui lui ont tourné le dos, votant pour un jeune candidat socialiste, et qui assistent impuissants aux événements, aux coups que Jean-Marie Demange fait pleuvoir sur une femme en détresse.

---

[5] Un accord amiable a été trouvé entre Dominique Strauss-Kahn et son accusatrice, Nafissatou Diallo, dans l'affaire du Sofitel de New York et il a été relaxé dans l'affaire du Carlton. Éric Raoult a été relaxé. Alors conseiller municipal et mis en accusation d'agression sexuelle par trois plaignantes, Gérard Ducray a été relaxé sur deux des affaires et s'est pourvu en cassation sur sa condamnation dans la troisième. Les enquêtes à l'encontre de Denis Baupin et Nicolas Hulot pour agression sexuelle ont été classées sans suite pour prescription. Concernant Damien Abad, mis en examen en 2024, l'affaire en est cours. Les différentes enquêtes concernant Jean-Vincent Placé, mis en examen pour agressions sexuelles, sont en cours. Georges Tron a été définitivement condamné pour viol.

On lit dans les journaux
Il l'aimait trop, il l'a tuée,
Mais jamais dans les journaux
On ne parle des bons ménages
Qui s'aiment bien sans se tuer.

Paul Misraki,
Messieurs les journalistes (1947)

Comme un feu de forêt

En novembre 2008, les réseaux sociaux en sont encore à leurs balbutiements : Facebook n'est actif que depuis le mois de mars et Twitter n'arrivera pas dans l'Hexagone avant quatre ans. Mais la tragédie se répand sur le Net. Des sites d'information locale annoncent le décès du député et le meurtre de celle que l'on désigne tantôt comme sa maîtresse, tantôt comme *sa collaboratrice* (je reviendrai sur ce point). Les réactions affluent. En début d'après-midi, les webmasters se voient dans l'obligation de suspendre les forums afin d'éviter tout débordement. Il est question de *politique sale*, de *jour de honte et de deuil pour Thionville*. L'agitation est à la hauteur de la notoriété de Demange. La ville frissonne, suffoque. La fumée âcre de la rumeur se propage jusque dans les cours de récréation. Un député qui commet un assassinat, c'est impensable ! Mais on n'y voit pas bien clair. Le maire s'est tué ? Et il a tué sa femme ? Mais quel maire ? L'ancien ou le nouveau ? La nouvelle circule par textos. Les téléphones sonnent. La patronne de la maison de la presse de la place Au-Bois décroche : sa belle-sœur qui habite Fontoy, à une vingtaine de kilomètres de Thionville, est déjà au courant. Son fils aussi : en sortant du lycée vers midi, rue des Pyramides, il a vu passer deux types en combinaison blanche.

Ça lui a fait penser à la série *Les Experts*. Se doutant que quelque chose de grave venait d'arriver, un crime pas banal, l'adolescent s'est empressé d'aller sur le Net trouver l'info pour la transmettre ensuite à ses camarades de classe. *Une information qui circule aussi vite, je n'avais pas vu ça depuis le 11 Septembre*, commente le patron du *Café de la Place*.

Sur le site *Les Frontaliers & Résidents*, le forum intitulé « La folie du maire de Thionville » est abreuvé de commentaires. Ils donnent une idée de la façon dont certains habitants se sont emparés de l'affaire :

Naafout
Et si ma tante en avait, on l'appelerait tonton… : wink :

Maelle
Et bien, c'est triste d'en arriver là… si tout cela est vrai, quel dictateur !! Je plains son entourage et ne comprends pas sa femme qui a supporté aussi cette double vie, au nom de quoi ?? du qu'en dira-t-on ?, du comfort ?, du prestige de sa situation ? Au final elle restera la veuve d'un assassin…

Mais le plus terrible c'est la mort de la jeune femme et ses enfants qui n'ont plus de maman, et c'est impardonnable… Comme quoi, avoir une liaison avec un homme de 22 ans son aîné n'est pas l'idéal, tôt ou tard il aurai dû se douter qu'elle allait le quitter.

Surfeurdargent
Bah, à Thionville tout le monde le savait : elle était avec lui parce qu'au bout (sic) y avait un appart « for free »… Ah la vénalité des femmes… C à désespérer !

MAELLE
Elles ne sont pas toutes comme cela… crois-moi… mais tu as raison, il y en a qui ne regardent à rien… l'attrait des hommes de Pouvoir aussi sans doute + l'argent… non faut

jamais désespérer de la race humaine… : wink : et les enfants n'étaient pas de lui j'espère ?

Alexperle31
Je soutiens moralement le fils… Courrage… : shamed :

Surfeurdargent
Bah, de tels parents… Je crois que c'est plutôt une aubaine pour le fils…

Désinvolture, jugements à l'emporte-pièce, clichés sexistes, propos dégradants tenus à l'égard de la victime et de l'épouse du député Christiane Demange, ce qui gangrène aujourd'hui les réseaux sociaux était déjà là, avec ce langage saupoudré d'anglicismes et cette orthographe frappante, libre de toutes règles.

Dans *Le Piège diabolique* d'Edgar P. Jacobs[6], le professeur Philip Mortimer utilise une machine à remonter le temps trafiquée par son ennemi le professeur Miloch. Il s'échoue dans un futur post-apocalyptique où l'humanité a régressé au point d'avoir perdu son orthographe. Cette bande dessinée me fascinait lorsque j'étais petite fille et me trouble encore dans ce qu'elle a de prémonitoire. Perdre la capacité de s'exprimer par l'écriture, c'est prendre le risque d'oublier le sens des mots. Et à réduire son champ de compréhension, on adhère à des discours prémâchés faciles à retenir. On légitime sa propre façon de penser. *Make America Great Again.*

Je ne suis encore qu'au début de mon enquête, mais cet aparté prendra tout son sens lorsque j'aborderai les conséquences désastreuses de l'affaire pour la famille de Jean-Marie Demange.

Sur la page Wikipédia qui lui est consacrée, le jour même, quelqu'un accole sa date de décès à celle de sa naissance et précise la nature de ce dernier : suicide. Il en va de même pour tous les

---

[6] Album tiré de la série de bande dessinée *Blake et Mortimer*, scénarisée et dessinée par Edgar P. Jacobs (1962, Le Lombard).

hommes politiques ayant fait le choix de mettre fin à leurs jours. Ce n'est pas le cas des artistes, acteurs ou poètes auxquels on épargne cette malheureuse étiquette.

La page de Jean-Marie Demange sera par la suite complétée, les informations étayées par des citations sourcées prenant pour base des articles de presse postérieurs au crime. Celui de la journaliste Raphaëlle Bacqué paru dans *Le Monde* le 24 novembre 2008 est le plus cité.

Offrir un contenu objectif et vérifiable est une volonté respectable. L'enfer n'est-il pas pavé de bonnes intentions ? L'encyclopédie libre et universelle présente Demange dans ses habits de criminel. L'homme politique s'efface derrière le geste fatal et la connotation péjorative d'une mort auto-infligée. Le suicide est associé, au mieux, à cette maladie psychique trop souvent stigmatisée qu'est la dépression et, au pire, à un acte lâche ou honteux. Dans la religion catholique, il constitue un crime contraire à l'amour de Dieu, une rupture coupable.

La damnation éternelle, sur l'encyclopédie du Net.

La religion et le crime tenaillent à jamais l'élu.

L'erreur que commettent la plupart des gens
est de penser que l'homme politique est un homme,
alors que c'est un homme politique.

Jean-Michel Ribes

Un drame sans précédent sous la Ve République

Les médias nationaux vont emboîter le pas du procureur général de Thionville et traiter l'affaire Demange « avec prudence ». Depuis le 16 mai 2007, Nicolas Sarkozy est à la tête de l'État ; un élu qui siège au sein du groupe UMP est en cause.

Dès 13 h 20, le site ladepeche.fr publie une photo de l'AFP prise sur le lieu du drame – la bâche de chantier déployée par la police sur le balcon. Le fait divers est présenté comme un événement sans précédent dans les annales parlementaires de la Ve République. Le journaliste a glané des infos sur le terrain pour étoffer son article. *D'après une source policière*, il nous apprend que le métier exercé par le député était celui d'angiologue, qu'il était marié, père d'un enfant, *en instance de divorce*, et que *sa compagne*, gérante d'un restaurant et mère de deux enfants âgés de 13 et 15 ans, était sur le point de le quitter.

Un politicien médecin trompant sa femme avec une restauratrice qui finit par le plaquer, le récit prend ici la tournure d'un scénario chabrolien.

Le plus intéressant réside dans les réactions de personnalités politiques recueillies par le journaliste : le secrétaire d'État chargé des Relations avec le Parlement, Roger Karoutchi, exprime *son émotion* sans plus de commentaire. Le président UMP de l'Assemblée nationale, Bernard Accoyer, fait part de sa *consternation* et de sa *profonde tristesse* après ce geste qu'il qualifie de *désespéré*. Aurélie Filippetti, alors députée PS de Moselle, dénonce : *Cet acte*, dit-elle, *ajoute une victime à la liste déjà trop longue des femmes décédées du fait de violences conjugales*. Toutes ses pensées vont aux enfants de la malheureuse victime.

D'autres élus seront contactés par la presse pour cueillir leurs réactions à chaud : parmi eux, Jean-Pierre Masseret, président socialiste du conseil régional de Lorraine, François Grosdidier, député, président de la fédération UMP de Moselle et maire de Woippy, Philippe Leroy, président UMP du conseil général de Moselle, Jean-Marc Todeschini, premier secrétaire de la fédération du PS de Moselle, et Jean-François Copé, président du groupe UMP à l'Assemblée nationale, lequel fait part de son émotion et de sa consternation *face au geste désespéré de Jean-Marie Demange*.

Un député meurtrier se suicide

À 14 h 26, sur le site du *JDD*, le journaliste Gaël Vaillant ne prend pas l'affaire avec des pincettes. Son titre claque comme un dossier contre un pupitre de l'Assemblée nationale. Le début du papier comporte cependant quelques erreurs et approximations. La compagne de Jean-Marie Demange *semblait* vouloir le quitter, l'arme à feu serait *un fusil* et le député de Moselle, un *parachuté* originaire de Toulouse. La vérité est toujours liée à un processus de vérification qui n'est pas systématiquement fait, faute de temps. Bien que né à Toulouse, Jean-Marie Demange n'y a jamais vécu, sinon les premiers mois de son existence. Une consœur du *Républicain Lorrain*, dans la confusion que peut occasionner pareil fait divers et l'urgence de donner au journal de quoi remplir ses colonnes, écrira que le député était marié à Marie-Louise Hemmer – sa mère.

La vérité est aussi le fruit d'une communauté d'apport. Il n'est pas rare que les journalistes reprennent les informations communiquées par leurs confrères. Et c'est ce que fait Gaël Vaillant en puisant ses informations sur la chaîne d'information I-Télé[7]. Interviewé en direct à l'antenne juste après le meurtre, le porte-parole de l'UMP, Dominique Paillé, est un des premiers à réagir sur un média national, regrettant *un drame pour la famille du député, mais aussi celle de la femme qu'il a abattue.* Il est aussi le premier à évoquer un lien probable avec la défaite de Demange aux municipales à Thionville. Pour appuyer les déclarations de Dominique Paillé, le journaliste du *JDD* a l'idée de picorer dans une interview donnée par Jean-Marie Demange au magazine *Le Point* le 30 octobre 2008 – sa dernière interview accordée à la presse. Les extraits sont éloquents : le député parle d'une défaite très lourde pour un homme comme lui qui fut *si longtemps dans l'action*, d'un grand, d'un *très grand vide* dans sa vie. Il dit tenter de se *reconstruire* et envisage même de quitter la vie politique en 2012 à la fin de son mandat. De son échec aux municipales, il prend l'entière responsabilité, estime avoir péché par un excès de confiance, galvanisé par un score de 56 % aux précédentes législatives. *La force de l'habitude, il n'y a rien de pire.*

Dépit, dégoût de soi et des autres. Demange peine à refaire surface. Le veut-il seulement ? Je l'imagine, en perte de puissance. Il titube. D'un côté, une ville où il n'a pas sa place, de l'autre, la femme qu'il se refuse à laisser partir. Quand il ferme les yeux, voit-il son beau visage ou une chambre vide ?

Sur France 2, le journal de 20 heures déroule son sommaire sans mentionner l'affaire : la bataille qui oppose Martine Aubry à Ségolène Royal à la tête du PS, le plan du gouvernement pour les énergies renouvelables, prévoyant la construction d'au moins une centrale solaire par région, et le retrait progressif des troupes américaines d'Irak font les gros titres. Le dossier de l'édition est consacré aux carnets noirs des renseignements généraux dont l'ancien patron est soupçonné d'avoir cherché à déstabiliser Lionel Jospin

[7] Devenue C-News en 2017.

ou Nicolas Sarkozy. Le fait divers est relégué après le sommaire de la deuxième partie du journal, dans les brèves, accolé à une info plus légère – les 80 ans de Mickey. Lorsqu'il lance face caméra *Un drame sans précédent sous la Ve République qui endeuille la ville de Thionville*, David Pujadas affiche la mine de quelqu'un à qui on vient de refiler une patate chaude :

— Le député UMP de Moselle, Jean-Marie Demange, a tué sa compagne avant de se suicider. Elle était semble-t-il sur le point de le quitter.

Le fait que l'ancien maire ait été profondément affecté par sa défaite aux dernières élections municipales *il y a un an et demi* est aussi mentionné. Personne pour relever l'erreur de date : les élections municipales ont eu lieu en mars 2008, quelqu'un a confondu avec la date de la précédente élection présidentielle. Un travail bâclé, et qui ne pèse pas lourd devant Mickey.

À 20 h 25, sur le site de *Rue89*, Paul Meyer, correspondant à Strasbourg, publie un papier qui sera mis à jour le lendemain à 9 h 14. Il suit la ligne du *JDD*, du magazine *Le Point* et de France 2. Le crime de Jean-Marie Demange est corrélé à sa défaite aux élections municipales *de quelques dizaines de voix*, un résultat d'autant plus inattendu que Thionville avait voté à droite à l'élection présidentielle. La phrase *Depuis, il n'était plus le même* reviendra comme une litanie dans la plupart des papiers traitant du sujet. De nouveaux éléments sur le parcours du député sont portés à notre connaissance : il est entré en politique par l'entremise de son père, infirmier libéral, maire d'une petite commune de Moselle (ce qu'il n'est plus en 2008, en réalité). Le fils *avait su reprendre ces deux héritages,* embrassant la carrière de médecin avant de se consacrer en 1995 à celle de maire de Thionville – dont la population oscille entre 43 000, 45 000, 47 000 et 50 000 âmes, selon les journaux.

S'appuyant sur le témoignage de François Grosdidier, à l'époque député et président de la fédération UMP de la Moselle (et qui s'est largement confié à la presse à cette période), Paul Meyer tente d'adoucir l'image brutale de l'assassin qui a plongé deux familles et tous les Mosellans de la neuvième circonscription dans l'effroi. Il nous apprend que François et Jean-Marie se connaissaient *depuis l'enfance* et que le père de Jean-Marie Demange était *l'infirmier de la famille*. François Grosdidier décrit son camarade comme débordant d'énergie, vibrionnant. Ce n'était *pas un Parisien*, et *son véritable mandat, c'était Thionville*. On parle d'une dernière campagne difficile, marquée par des divisions à droite et une rupture entre Demange et son ancien directeur de cabinet, Patrick Luxembourger. Tous les témoignages que je recueillerai le confirmeront : c'est un élément constitutif de la déconstruction du personnage.

L'article aborde une partie essentielle de l'affaire Demange : sa vie privée. Devançant une fois de plus les résultats de l'enquête préliminaire, le journaliste se risque : l'homme politique serait séparé de son épouse *depuis plusieurs années*, et partagerait sa vie avec Karine Albert. Une double vie ? Nous verrons que les choses n'étaient pas si simples. Le contexte familial de Jean-Marie Demange est à l'opposé de ce que l'on imagine.

Michel Liebgott, alors député PS de la dixième circonscription de Moselle, témoigne à son tour. Demange a été son adversaire politique pendant vingt ans et le député RPR ne lui aurait jamais adressé la parole, *sauf il y a un mois, lors d'une rencontre fortuite dans le train vers Paris*. Sans sacoche ni journal, Demange choisit de prendre place devant lui plutôt que face à une personne plus proche politiquement. *Nous avons discuté une heure et j'ai vu alors à quel point sa défaite aux municipales l'avait marqué.*

L'homme que Michel Liebgott dépeint également comme quelqu'un d'entier, ne supportant pas la contradiction, incapable de concevoir la défaite et ne connaissant pas le doute est, ce jour-là, *dans un état dépressif*.

J'entre peu à peu dans une image.

Les contours sont encore flous. Là s'agite la silhouette d'un homme de 65 ans aux tempes poudrées d'argent. Autour de lui, des ombres massives. Celles qu'il retient, d'abord, et qui pèsent jusqu'à le pousser au pire.

Entrer dans l'image, c'est fracasser la vitrine derrière laquelle se cache une vérité qui va peut-être vous rappeler la vôtre. Celle d'un frère. D'un père. D'un ami. D'un fils. D'un mari.

Il est si tentant de s'éblouir soi-même, parfois jusqu'à l'aveuglement, pour effacer ce qui, depuis l'enfance, nous dévore.

Personne ne parle encore de sentiment. Ni témoins, ni journalistes. L'amour ne tue pas, a priori. La passion, si. Elle est l'arche de tous les excès et des meurtriers ivres de jalousie ou de vengeance. À moi de picorer les graines au fond d'un sac où personne n'a envie de fourrer le nez pour savoir ce qui battait dans le cœur de cet homme.

He hit me
And it felt like a kiss
He hit me
But it didn't hurt me

Gerry Goffin et Carole King,
He Hit Me (And It Felt Like a Kiss)

La dispute

Deux jours après le féminicide, les enquêteurs judiciaires ont une idée plus précise de ce qui s'est passé dans l'appartement du deuxième étage au 2, rue des Pyramides. Un homme, dont jamais l'identité ne sera révélée dans la presse, porte à leur connaissance l'existence d'enregistrements sur son téléphone mobile datant du jour du crime : deux messages laissés par Karine Albert à 11 h 32 et 11 h 37. Le destinataire, alors à son travail, a éteint son portable. Il ne prendra connaissance des messages qu'à 12 h 15. Trop tard pour secourir celle qui a tenté de le joindre en vain.

Dans l'édition régionale du *Républicain Lorrain* du 19 novembre, on apprend que Karine Albert avait entamé une nouvelle vie depuis la fin de l'été avec ce mystérieux personnage.

L'existence d'un rival ne sera ni commentée ni reprise dans la presse nationale. Elle est pourtant fondamentale.

Sur les enregistrements, la voix de Jean-Marie Demange est parfaitement reconnaissable. *Les propos ne sont pas toujours audibles mais Karine sait qu'il a une arme et le supplie de la laisser partir*, est-il précisé dans un autre article publié trois jours plus tard, sur la base d'une communication du procureur à la presse. *La retranscription montre un état de terreur, c'est une litanie de suppliques, elle essaie d'échapper à Demange qui la retient,* rapporte-t-il.

Il faut imaginer la scène, privée de la violence des mots.

Et cette vérité tue reste dans cette affaire comme une morsure invisible sur la peau.

J'ai grandi auprès d'une mère qui disait le mal et le bien, le sale et le propre, elle ne craignait pas les maux, les apprivoisait plutôt, jusqu'à les faire rentrer dans leur coquille. Elle était faite pour son métier – éducatrice spécialisée en milieu ouvert. Sauver des gamines abusées par un proche, séparer les mères incestueuses de leurs fils ou les couples caractériels qui se déchirent dans l'alcool, apprendre aux femmes qu'être battues n'est pas la normalité ou qu'un enfant ne dort pas avec un chien par terre dans la cuisine, voilà en quoi consistait son travail. Elle était impressionnante, belle de cette autorité qu'elle prenait sur les autres, sans jamais avoir besoin d'arrondir les angles, sans en rajouter non plus, sans avoir froid aux yeux ni craindre de la misère mais rapportant parfois des puces ou d'infectes odeurs de cuisine.

Je croyais tout connaître d'elle, alors.

Ma mère gardait ses secrets et sa rage. L'humour dont elle usait pour dédramatiser notre vécu guérissait tout. Je n'ai pas oublié les récits de ses journées qui ressemblaient à des films de Dino Risi : alors que nous passions à table, elle mimait sa fuite sous les jets de casseroles, sa planque derrière la voiture de service garée devant le portillon d'une masure, la longue attente de l'arrivée de la police, la main d'un enfant dans la sienne, sous la menace d'un fusil, celui du père trop ivre pour tirer ailleurs que sur les poules.

J'ai probablement reçu d'elle le pouvoir de raconter ce qui doit être dit pour éviter que ça ne recommence.

Je n'ai pas écouté les derniers messages enregistrés par Karine Albert. En dépit de mes démarches, ces pièces me sont restées inaccessibles.

Il est exceptionnel de posséder la trace sonore d'une dispute précédant un féminicide. Étudier, analyser la mécanique qui s'est enclenchée alors est capital. Si Jean-Marie Demange s'était raté, la transcription de ces enregistrements aurait été la pièce majeure du procès permettant d'établir son degré de responsabilité.

Il faut comprendre le feu de la folie pour le prévenir.

Pour que jamais plus un homme ne terrorise une femme, une mère, au point qu'elle se risque à enjamber un balcon à six mètres de hauteur.

*On peut obtenir beaucoup plus avec un mot gentil
et un revolver qu'avec un mot gentil tout seul.*

Al Capone

Cacher la poussière sous le tapis

Samedi 22 novembre, la presse révèle les conclusions de l'autopsie. Et ce qui est porté à la connaissance du public renverse le récit initial. Primo, ce n'est pas une mais deux balles que Karine Albert a reçues dans le corps. Le bruit de la première détonation aura donc échappé aux témoins. Le projectile a pénétré le flanc gauche, entraînant une rupture de l'artère aorte à l'origine d'une hémorragie massive – une blessure potentiellement mortelle. Pourquoi deux tirs ? Les conclusions de l'enquête préliminaire ne permettront pas d'éclaircir ce point. La seconde balle qui atteint Karine Albert perfore sa tempe gauche. La troisième se loge dans la tête de Jean-Marie Demange.

Les lésions cérébrales constatées sur les victimes sont bien à l'origine de leur décès. L'arme du crime est un 7.65 Herstal de la Seconde Guerre mondiale, un pistolet semi-automatique non déclaré. *Les recherches sur les fichiers ou auprès de l'entourage n'ont pas permis de reconnaître les circonstances d'acquisition*, précise le procureur Jean-François Mailhes dans une communication faite à la presse. En toute logique, cependant, si les enquêteurs ont bien questionné les proches de Demange au sujet de cette arme, son numéro de série aurait dû les orienter vers une piste. À moins que la formulation « reconnaître les circonstances d'acquisition » soit suffisamment nébuleuse pour cacher quelque chose au public.

Secundo, l'autopsie remet en question les déclarations de trois témoins du crime selon lesquelles Jean-Marie Demange aurait administré des coups de poing et de pied à sa compagne. Or, aucun signe manifeste de violences, y compris sexuelles, n'est visible sur le corps de Karine Albert. Il l'aura donc secouée, empoignée fermement pour la ramener à l'intérieur de l'appartement, mais sans lever la main sur elle. Encore moins le pied.

Que Jean-Marie Demange ait pu user d'une telle brutalité envers une femme avait de quoi surprendre : sa violence verbale pouvait certes dépasser les bornes – le rédacteur en chef du *Républicain Lorrain*, que j'interroge à ce sujet, le décrit comme colérique, sanguin, toujours sur la ligne, parfois insultant, convoque même l'image de *Louis XIV et sa cour* –, mais s'il s'emportait ou perdait son sang-froid, l'ancien député-maire n'a jamais abattu ses poings sur autre chose que son bureau.

La crédibilité d'un témoin est relative à son acuité visuelle, laquelle est corrélée à son âge et à la distance qui le sépare de la scène de crime – ici, une bonne dizaine de mètres.

Nous sommes enclins à nous convaincre de nos propres croyances. Des cris de terreur n'impliquent-ils pas une situation terrifiante ? Les témoins de l'affaire ont-ils interprété plutôt que relaté objectivement les faits ? Quoi qu'il en soit, le mal est fait. L'image s'imprime dans tous les esprits. On ne déconstruit pas un récit bombardé par les médias depuis cinq jours : Demange est une ordure qui a roué de coups sa maîtresse avant de l'assassiner.

Un autre paradoxe est mis en évidence par les analyses toxicologiques. De faibles traces d'alcool sont retrouvées dans le sang du député – la consommation d'un verre, grosso modo. Anxiolytiques et sédatifs sont aussi présents. *Des molécules qui témoignent de la prise de médicaments la veille au soir.* En quelle quantité ? *Pas de surdosage*, affirme le procureur.

Résumons-nous : d'un côté, nous avons un type dépressif, sous sédatifs et anxiolytiques, avec environ 0,25 gramme d'alcool dans le sang, et de l'autre un crime violent avec effusion de sang survenu en quelques minutes, aussitôt suivi d'un suicide. Son auteur n'est ni sous l'emprise de la drogue ni sous celle de l'alcool. Quelle allumette a soudain craqué dans sa tête ?

Si l'entourage de Jean-Marie Demange a été correctement interrogé, la police ne peut ignorer les faits qui me seront rapportés par ces mêmes personnes seize ans plus tard. Mais pour que les enquêteurs remarquent l'absence d'une certaine molécule dans le sang du député, encore faut-il qu'ils s'attendent à la trouver... J'y reviendrai.

Durant sa communication faite à la presse, le procureur présente Karine Albert comme *une restauratrice mère de deux enfants de 13 et 15 ans qui avait quitté le parlementaire.* Cette formulation, de prime abord, signifie que la victime ne fréquentait plus Jean-Marie Demange. Elle est bien maladroite. Pourquoi le *Républicain Lorrain* la reprend-elle mot pour mot dans ses colonnes ? Le terme « parlementaire » pourrait tout aussi bien s'appliquer à Jean-Marie Demange qu'à l'activité de Karine Albert : en effet, sous le terme de *collaboratrice*, c'est bien à sa fonction d'attachée de circonscription que fait référence un des sites thionvillois d'information locale, information également reprise sur un site « bien informé », dédié au Sénat et à l'Assemblée nationale[8]. Accorder à un proche un tel poste soulève forcément la question de ses compétences. Une manière de cacher la poussière sous le tapis ?

Le choix de mots à double sens et l'emploi de formulations obscures telles que *reconnaître les circonstances d'acquisition* sont au diapason d'une enquête qui a sans doute péché par excès de modération. N'oublions pas qu'elle porte sur un membre du même groupe politique que celui du président de la République en fonction depuis mai 2007. Ni que Jean-Marie Demange est le fils de Maurice Demange, ancien maire de Maizières-lès-Metz, autre personnalité locale. Quoi qu'on en dise, pour communiquer sur cette affaire, le procureur aura tourné sept fois sa langue dans sa bouche.

---

[8] Article toujours en ligne sur le blog « Directeur général des services mairie » (site Over-Blog), daté du 19 novembre 2008.

La reconstitution précise de la matinée du drame, présentée aux journalistes le vendredi 21 novembre, montre à quelles autres difficultés ont été confrontés les enquêteurs : si elle atteste officiellement la liaison entre Jean-Marie Demange et Karine Albert, liaison à laquelle cette dernière avait mis un terme à la fin de l'été, les versions des témoins interrogés divergent : *les uns décrivent un comportement jaloux, possessif, hégémonique* de la part du député envers son ex-maîtresse, quand d'autres évoquent une résignation. La mère de la victime, Alberte, 80 ans, terrassée par la mort de sa fille, parle de *menaces de mort verbales prononcées environ trois semaines avant les faits.* Dans une interview donnée la veille à *L'Est Républicain,* elle insistait sur le harcèlement dont elle et sa fille étaient victimes : *Il m'appelait aussi fréquemment, parfois jusqu'à 23 h 30. Il me faisait pleurer. Demange était un peu le maître et il pensait que ma petite fille lui appartenait.* Pourtant, selon le procureur, *l'analyse précise des téléphones des deux protagonistes fait état d'échanges équilibrés.*

Le dimanche 16 novembre, le député adresse à Karine Albert un SMS laconique et sans agressivité. Il aimerait renouer le contact. Elle accepte de le revoir. Le lundi 17 novembre au matin, vers 9 h 30, il quitte son domicile de Maizières-lès-Metz. L'homme est décrit par le procureur comme *suicidaire.* Il roule sur l'autoroute en direction de Thionville, appelle Philippe, son fils, et sa femme, Christiane. Auprès de son fils, il s'excuse. Il lui dit qu'il l'aime. Son épouse s'inquiète. Imagine-t-elle une issue aussi dramatique ? 10 h 30 : Jean-Marie Demange traverse le pont des Alliés, passe devant l'hôtel de ville sans tourner la tête. 10 h 50 : il arrive à l'appartement de celle qui l'a quitté – un coup de fil de Karine Albert à sa mère l'informant de sa présence l'atteste. Ils vont passer une trentaine de minutes ensemble, prennent probablement un verre. À 11 h 32 puis à 11 h 37, Karine appelle son nouveau compagnon. Les enregistrements téléphoniques confirment le degré élevé de tension qui règne alors dans la pièce : Karine sait que le député a une arme et elle le supplie de la laisser s'en aller. Puis elle tente de fuir par le balcon. Pour le procureur, c'est ce qui aurait pu être *l'élément déclencheur.*

C'est à ce moment-là que les voisins entrent en jeu. En quelques secondes, tout va basculer. Alors que les témoins de l'altercation appellent la police et tentent de raisonner l'ancien maire, Demange ramène Karine sans ménagement dans le salon. Le coup de feu part et l'atteint au flanc. La blessure est grave. Karine parvient à se traîner sur le balcon. Une scène difficile à interpréter pour les témoins, qui n'ont pas entendu la détonation du premier tir. Karine, inerte, n'a plus la force d'appeler au secours. Demange est près d'elle, il lui soulève la tête. Deuxième tir à bout touchant. L'homme recule d'un mètre environ jusqu'au salon et, à l'abri des regards, met fin à ses jours.

Nous restons à l'orée de leur disparition. Dans nos mains, les clés d'une porte invisible : la vérité.

Si Demange voulait abattre Karine Albert, pourquoi ne pas viser la tête ou le cœur lors du premier tir ? À l'époque, le procureur ne s'engage pas sur la préméditation de l'acte : le fait que le député ait une arme ne permet pas de trancher entre une intention d'homicide et un chantage au suicide envers son ancienne compagne. *On s'oriente vers la constatation de l'extinction de l'action publique et les parties civiles auront une autorisation d'accès à la procédure,* conclut-il.

Selon l'article 6 du Code de procédure pénale, l'action publique pour l'application de la peine s'éteint avec la mort du prévenu. Si Jean-Marie Demange avait survécu à sa blessure, il aurait été mis en examen pour meurtre ou assassinat : le fait de détenir une arme peut être retenu comme un élément de préméditation, et rien n'aurait alors freiné l'action de la justice. En effet, si l'immunité parlementaire offre une certaine protection aux membres de l'Assemblée nationale, elle est inopérante dans le cas d'un homicide lorsque la mise en cause de l'élu ne fait aucun doute. Le juge aurait alors fixé une peine en tenant compte des circonstances du crime et du degré de conscience du prévenu au moment des faits.

En tout état de cause, le procès aurait été un moment difficile pour la famille Demange et celle de Karine Albert. Et l'enquête de personnalité auprès des proches du député aurait certainement pâti de puissants silences.

Une lumière grise tombe sur la ville où l'on attend quelque chose qui ne viendra jamais. La compréhension de ce féminicide. Chaque mot prononcé sur les enregistrements téléphoniques me manque.

Une autre question me hante : pourquoi Jean-Marie Demange a-t-il laissé Karine appeler son compagnon à deux reprises ?

Quoi qu'il en soit, pour la justice, ces appels corroborent l'hypothèse du drame passionnel, un meurtre ou une tentative de meurtre dont le mobile est la passion ou la jalousie amoureuse. Cette infraction ne recouvre plus de réalité juridique en France, mais elle figurait au Code pénal de 1810[9] : l'homme qui tuait une femme adultère (ou s'apprêtant à le quitter) n'était que tempête et passion. Il agissait par pur romantisme. On considérait la victime comme un objet dont l'autre disposait.

Et la culpabilité du meurtrier de se dissoudre dans un verre d'eau.

Les faits divers qui concernent les crimes passionnels sont les plus appréciés par le public. Journal national, presse quotidienne régionale, magazines dédiés aux affaires criminelles ou livres relatant les faits, leurs récits visent le plus souvent à susciter un certain effroi tout en jouant la complaisance. *La fin tragique d'une mère de deux enfants. Un scénario de l'horreur.*

En quelques mots, le processus d'identification du lecteur se met en place.

---

[9] Jusqu'en 1975, notre droit pénal relativisait ces crimes et permettait d'atténuer les peines, notamment entre époux. Un décret publié en 1994 a modifié certaines dispositions afin que la gravité du crime conjugal soit reconnue. Depuis 2006, une loi renforce la prévention et la répression des violences au sein du couple. Le meurtrier encourt la réclusion criminelle à perpétuité.

Karine Albert courait un vrai danger dès lors que Jean-Marie Demange s'était introduit dans son appartement.

Qu'importe la vérité pourvu qu'on éprouve le frisson. L'homme est ainsi fait. On peut en sourire ou le déplorer, cela importe peu. Le plus dangereux réside dans la schématisation des faits et la représentation de la figure féminine : une femme est forcément une proie, une pauvre inconsciente qui laisse un prédateur entrer chez elle tel le loup d'un conte de fée, et qu'elle soit maman de deux enfants rend son assassinat plus horrible encore – ce qui sous-entend que sa mort aurait moins d'importance si elle n'était pas mère.

Et elle le savait. Bien avant les coups.

Encore une fois, un fait non vérifié, mis en scène sous une plume inspirée, peut entériner une fable dont deux enfants pourraient bien avoir été autrement traumatisés, et engendrer indirectement un autre drame.

Il n'y a pas de suicides, il n'y a que des meurtres.
Elsa Triolet, *Les Fantômes armés*

Dommage collatéral

Aller chercher de la matière. M'engloutir dans ce bourbier tout entière.

Deux morts flottent en moi et ne me quittent pas.

Je les porte avec les miens.

Le 17 octobre, un train m'emmène vers Metz. Au magasin de presse de la gare, j'achète un ticket de tram. Direction Woippy. Construit au début des années 1980, le siège du *Républicain Lorrain* s'engourdit derrière de hauts sapins. Carrelage brun, stores californiens, vitres en verre fumé, fauteuils et marbre gris, le bâtiment resté dans son jus s'accorde au rendez-vous pris avec le service des archives du quotidien régional.

Marie-Paule Andres me conduit vers son antre aux trésors, par un couloir sombre. Près d'une centaine d'articles, découpés et pliés avec soin, est préparée sur une table, à mon attention ; Marie-Paule m'offre un café aussi brûlant que le contenu de certaines coupures jaunies par le temps et j'oublie presque de le boire, captivée par ma lecture.

Je pénètre l'eau troublante du passé, aligne des bouts de papier devant moi comme des cailloux au bord d'un bassin. Glanées ici et là, une date – le 23 juillet 1943 –, une anecdote – bébé né avant terme –, que Demange tenait dans une boîte à chaussure remplie de coton. Je ferme les yeux. Imagine des visages d'enfants. Ceux de Jean-Marie et de ses frères Camille, l'aîné, et Gérard, le cadet. La figure puissante de leur père, Maurice, traverse l'histoire et les archives du journal.

Maurice Demange, honoré pour son action municipale. M. Maurice Demange, chevalier dans l'ordre national du Mérite. Monsieur Demange, fait chevalier des Palmes académiques.

Elle s'embrume d'une confidence que le fils devenu maire abandonne à la presse en 2004 – *J'avais une raclée presque tous les jours.* Les bêtises d'un frère aîné, Jean-Marie les endosse « pour le protéger » de l'autorité d'un père infirmier militaire qui, on le devine, à tendance à frapper plus fort le plus grand. Une éducation d'un autre temps et qui perdure, hélas.

Le visage de Marie-Louise Hemmer, la mère des trois garçons, est invisible. Pas même une photo en médaillon sur un avis de décès. Son nom me guidera bientôt jusqu'à sa tombe, et le passé glorieux de son mari résistant me laissera entrevoir ce qu'elle vécut à l'âge de 18 ans pendant la guerre. La date de sa mort, Jean-Marie Demange ne l'a pas oubliée. *Le 13 octobre 1977. C'était un jeudi matin*, confie-t-il à un journaliste. J'apprendrai plus tard dans quelles conditions Marie-Louise est décédée, et pourquoi son fils semble encore très affecté par sa perte vingt-sept ans plus tard.

Une feuille de papier journal frémit soudain sous mes doigts. C'est un entrefilet dans l'édition du mercredi 16 avril 2009, à la rubrique des faits divers, écrasé contre une publicité pour un ouvrage dédié à l'histoire de la Lorraine, du Luxembourg et des pays wallons.

La femme de l'ancien maire de Thionville retrouvée morte.

Quelque chose s'émiette entre mes mains.

Le corps a été découvert à son domicile par le fils, dont ni le prénom ni l'âge ne sont précisés. Il était inquiet de ne pas avoir des nouvelles de sa mère. Selon les gendarmes de la brigade de

Maizières-lès-Metz, les premières constatations vont dans le sens d'un suicide lié à l'absorption massive de médicaments. *En l'absence d'éléments troublants, aucune autopsie n'a été ordonnée et le permis d'inhumer a été délivré à la famille.*

Enquête expéditive. Surtout pas de remous. Deux adjectifs pour évoquer la défunte – gentille, discrète. Une phrase pour la rattacher au crime dont son mari s'est rendu coupable avant de se tirer une balle dans la tête. Elle avait 65 ans.

Qui pour gémir sur son sort ? Que reste-t-il d'elle dans vos mémoires ?

La silhouette d'une femme aux jambes hésitantes avance vers moi et chancelle. Bientôt, je vous dirai le peu de choses que je sais d'elle.

Je repars à bord du tram, étourdie par ce qui se révèle du passé, la présence fantôme d'un troisième mort.

J'aligne des allumettes dans ma tête. Quelque chose prend feu, parfois, qui me suffoque et me réchauffe.

DEUXIÈME PARTIE

DANS LES MÉANDRES POLITIQUES ET INTIMES DE JEAN-MARIE DEMANGE

Élection municipale 2008 – Thionville (Moselle)

Résultat du 1er tour
Votants : 13 951
Liste Fabien Engelmann (LO) : 894 voix – 6,41 %
Liste Bertrand Mertz (PS) : 6 126 voix – 43,91 % Ballottage
Liste Jean-Marie Demange (UMP) : 6 931 voix – 49,68 % Ballottage
Abstention : 46,59 %

Résultat du 2e tour
Liste Bertrand Mertz (PS) : 7 953 voix – 51,51 %
Liste Jean-Marie Demange (UMP) : 7 488 voix – 48,49 %
Abstention : 41,80 %
Maire sortant : Jean-Marie Demange

Être député, être président de la communauté d'agglomération Portes de France-Thionville, c'est un honneur. Être maire de Thionville, c'est une passion.

Jean-Marie Demange

Telle est ma volonté

Quel homme politique était donc Jean-Marie Demange ? Pourquoi cette passion pour Thionville ? Pourquoi perd-il les élections en 2008 ? Et pourquoi s'est-il abîmé dans la sentence des urnes ?

La preuve du vote démocratique est là. Il manque à Demange moins d'une quarantaine de voix pour être élu au premier tour de scrutin. Entre le premier et le second tour, un basculement va s'opérer en faveur du candidat socialiste. Moins d'abstentions, l'élection galvanise l'électorat. Au report des voix du candidat Fabien Engelmann de Lutte ouvrière[10] s'ajoutent les bulletins de Thionvillois qui ne s'étaient pas déplacés au premier tour. L'avocat Bertrand Mertz, conseiller municipal dans l'opposition, bénéficie du vote des électeurs de gauche, fortement mobilisés depuis la défaite du parti socialiste à l'élection présidentielle de 2007, et sa campagne sur le terrain paye. En dépit d'une base solide de fidèles et de l'énergie phénoménale qu'il met à conduire les affaires de la ville, Demange perd la mairie. Qu'est-ce qui, de la politique et de l'homme, a coincé ?

Pour la presse, c'est bien sa personnalité hors norme qui est en cause. On le présente avant tout comme *un petit homme*. Un

---

[10] Né le 7 mai 1979 à Algrange (Moselle), Fabien Engelmann a 29 ans lorsqu'il brigue la mairie de Thionville. Après un engagement à l'extrême gauche, à Lutte ouvrière, en 2001, il rejoint le Front national en 2010. Il est maire de Hayange depuis 2014 et conseiller régional du Grand Est depuis 2016.

élu de droite dont la taille varie d'un journal à l'autre entre un mètre soixante-quatre et un mètre soixante-cinq. Dans sa chronique publiée par *Marianne* le 28 novembre 2008, le journaliste et écrivain Guy Sitbon n'y va pas avec le dos de la cuillère : ce féminicide, c'est du pain bénit. De quoi régler ses comptes avec la droite, les bourgeois et la province. Demange, c'est *Saddam Hussein en Moselle.* Un despote cruel avec le personnel de mairie *qui en tremble encore*, un tyran dont on ne parle qu'à voix basse, *avec la crainte que le fantôme du docteur échappe au bistouri du médecin légiste* et revienne hanter les murs de l'hôtel de ville pour faire taire les bavards insolents. Sitbon se défoule, sa plume l'emporte. Certains passages prêtent à sourire : *Ce matin-là, Demange a pris place paisiblement au volant de son 4x4 Mitsubishi*[11] *acheté à crédit. Le 7.65 gonflait la poche de sa veste.*

Jean-Marie Demange, vous l'aurez noté, roulait en Peugeot 306, voiture mise sous scellé le jour du drame. Ce gros 4x4, symbole de virilité et de prestige social, revient deux fois dans le texte ; l'image convoquée fait bien l'affaire. Sur sa lancée, le journaliste reprend la fable de l'assassin rouant de coup sa victime, se basant sur les vidéos des témoins du meurtre, toujours en ligne à ce jour sur le site du *Républicain Lorrain.* Sa retranscription des propos du CRS retraité qui épluchait ses patates et de la jeune femme qui promenait son chien tourne au ridicule. Surenchères de contractions et d'onomatopées, Sitbon en rajoute sur le stéréotype d'un phrasé qui caractérise le petit peuple – n'est-on pas au fin fond de la France ?

La politique de la ville n'est pas épargnée : les prédécesseurs communistes *n'avaient d'yeux que pour les prolos et les HLM pourris.* Demange se serait *acharné à restituer leur lustre aux maisons cossues de l'ex-aristocratie sidérurgique, à aménager des espaces verts, des rues piétonnières, un nouvel hôtel de police.* (Voilà bien une horrible idée

[11] Pour l'anecdote, à un an de l'élection présidentielle de 2017, lors de sa traditionnelle ascension du mont Beuvray, l'ancien ministre de l'Économie, Arnaud Montebourg, a refusé de monter dans ce modèle de véhicule, préférant au modèle japonais une Clio made in France.

que celle d'embellir une ville.) Le journaliste parle de chantiers qui s'ouvrent *au rythme effréné de ce fou d'urbanisme,* et d'une commune *qui marche sur la dette.* Comparé à Napoléon qui mène ses troupes à Austerlitz, Demange *faisait et défaisait les carrières d'un coup de menton ou de colère du haut de son mètre soixante-quatre* [...] *Derrière son dos on murmurait : le nain. Et, si l'écho lui en revenait, il exécutait sur-le-champ.* Selon Sitbon, l'ancien maire de Thionville n'éprouvait de plaisir *qu'en écrasant son talon contre la joue des esprits récalcitrants.*

Qualifié de localité *la plus déprimante d'Europe*, la ville en prend aussi pour son grade, et Karine Albert se voit présentée comme *une brunette bien en chair*, une *irrésistible aubergiste* pas insensible à l'aura du pouvoir d'un soupirant comparé à un *communiant boutonneux* qui le soir retrouve *sa bourgeoise.* Sitbon fait de la victime la martyre expiatoire d'un fou, cet amant acariâtre, cette crapule qui roule en Mitsubishi et *conduit l'univers à la schlague.*

Un brin de fantaisie est parfois utile pour rallier à sa cause des lecteurs qui se lassent de tout, même de crimes barbares. Et il est pertinent de s'interroger sur la question que pose ici le journaliste en des termes choisis : *Comment peut-on continuer à coucher avec des mecs infichus de s'extraire de l'âge de la pierre ?* La réponse apportée est à la hauteur de la modération dont ce dernier a fait preuve dans la rédaction de son billet : *Le despotisme ne relève pas des institutions mais de la nature animale.*

Jean-Marie Demange n'est pas homme mais bête.

Voilà une réduction intéressante de la part d'un journaliste, écrivain et homme d'affaires, qui après avoir fondé en 1966 *Le Magazine Littéraire*, a fait fortune dans les années 1980 en créant les revues *Lettres Magazine* et *Lettres de femmes,* dédiées aux fantasmes de lecteurs et lectrices, avant de se lancer dans le business lucratif du Minitel rose. *Business is business.*

Le fiel qui abreuve la plume de Guy Sitbon n'est pas étranger à ses convictions politiques. Par le passé, il s'est passionné pour une autre affaire : le meurtre non élucidé d'une adolescente aux origines bien modestes, Brigitte Dewèvre, retrouvée mutilée dans un terrain vague à Bruay-en-Artois Artois en 1972. Un notaire et sa maîtresse, fille d'un riche marchand de meubles de la ville, avaient été suspectés puis incarcérés avant d'être relâchés sur décision du procureur, ce dernier estimant ne pas avoir assez d'éléments pour les inculper. Embrasant la presse nationale, l'affaire était devenue le symbole de la lutte des classes. Le prolétariat contre la bourgeoisie, le pot de terre contre le pot de fer dans une région en crise, où les mines de charbon fermaient une à une. Pas-de-Calais et Moselle, même combat ?

Si les journaux évitent l'écueil réducteur de la figure du mâle néandertalien de droite qui trucide sa femelle, dans son ensemble, on n'en démord pas : Demange est *un ambitieux* et *un fou de politique* qui va profiter d'une période de profonde restructuration du tissu local après la crise sidérurgique pour prendre le canton de Moselle à la gauche en 1986, puis, neuf ans plus tard, en 1995, emporter la mairie de Thionville. Luxembourg n'est qu'à une trentaine de bornes, la ville s'est embourgeoisée à la faveur des hauts salaires des travailleurs frontaliers, le parcours politique de Demange, c'est du billard.

Extrait de la transcription de l'entretien du 28 octobre 2024 avec Daniel Payntar, collaborateur de Jean-Marie Demange (1997-2008).

— Comment s'est passé le premier mandat ?

— Demange était à fond. Il y a eu des opérations assez emblématiques, la piétonnisation du centre-ville dès 1997, la colorisation des façades en centre-ville, la nouvelle école de musique Adagio, la piscine… L'urbanisme, c'était son truc.

— Un bâtisseur ?

— Il avait une vision assez stratégique de sa ville. Il était partout, il s'occupait de tout. Il y avait deux adjoints auxquels il fichait une paix royale en revanche, l'adjoint à la culture et celui au sport. Son homme de confiance, c'était l'adjoint aux finances. Parce que Demange, ce n'était pas un gestionnaire. Il laissait ça à son adjoint. « Démerde-toi ! »

Réélu maire haut la main le 18 mars 2001, renouvelé à son poste de député avec plus de 60 % des voix contre le candidat socialiste Bertrand Mertz le 16 juin 2002, Demange fait la rencontre de Karine Albert. Mais au milieu de ce second mandat, alors que tout lui sourit, il tombe dans un autoritarisme forcené.

L'homme *craint se croit admiré*. Un type gonflé à l'hélium.

Dans son article publié dans *Le Monde* le 24 novembre 2008, Raphaëlle Bacqué parle d'une dérive autocratique. Elle écrit : *Les employés rapportent les insultes, les humiliations, les pleurs qui scandent maintenant la vie de la mairie.* […] *Dans les couloirs, on le surnomme « Telle est ma volonté »*. Médecin *sans les manières bourgeoises*, Demange aurait *tendance à boire* et pratiquerait l'automédication. Ses colères sont suivies *d'inquiétants malaises*.

La journaliste revient sur la démission fracassante de Patrick Luxembourger, son ancien secrétaire général de mairie qui s'est présenté contre lui sous l'étiquette Divers droite aux législatives de 2007[12] Demange a alors crié à la traîtrise. C'est le début de sa chute,

[12] Patrick Luxembourger avait obtenu 15,8 % des voix, Jean-Marie Demange, 41,57 % et Bertrand Mertz, 23,56 %.

à quelques mois des élections municipales. Une véritable descente aux enfers. Le maire congédié est décrit comme en enfant colérique, un mauvais perdant qui casse son jouet : selon une rumeur colportée par la gauche, il aurait fracassé son bureau à la hache le soir du deuxième tour des élections. Ce qui est certain, c'est qu'il ordonne la destruction des dossiers en cours à la mairie et refuse d'assister à la passation de pouvoir. Trahi par ses amis politiques, quitté par sa maîtresse, il confie à ses proches son désir d'en finir avec la vie, de jeter sa voiture contre un arbre. C'est un homme au bout du rouleau auquel *un médecin a prescrit des anti-dépresseurs*[13].

Un candidat au suicide.

L'article du journal *Le Monde* présente une image peu reluisante de Jean-Marie Demange. Il y est pathétique. Le choix de certaines formulations qui orientent le récit, je les entendrai dans la bouche de l'un de ses anciens collaborateurs. Raphaëlle Bacqué et moi avons bu à la même source une vérité bien enrobée.

Quelque chose devrait vous frapper, à présent, dans l'enchaînement des faits tels qu'ils ont été ici relatés : un événement qui, en à peine quelques mois, va enclencher un changement de paradigme chez Demange, le chambouler jusqu'au mal-être, et conduire son second mandat au fiasco.

Plus que le mobile d'un crime, la ligne du temps, soit une représentation linéaire des événements, est la clé de l'affaire.

---

[13] Demange étant médecin, il rédige ses propres ordonnances et pratique l'automédication. Les docteurs Pierre Cuny et Jackie Helfgott, proches collaborateurs et amis, l'ont accompagné médicalement à certaines périodes de sa vie.

Les amis se prétendent sincères ;
or ce sont les ennemis qui le sont.
Arthur Schopenhauer

L'agonie d'un triomphe

En 2001, lorsque sous l'étiquette UDF Patrick Luxembourger ravit la mairie de Terville au PCF, la commune mosellane va mal. Durant ses trois mandats, il s'attelle à la tâche et sort la ville d'une crise financière sans précédent, faisant le choix, entre autres, de ne pas sacrifier les dépenses d'investissement. *Sacrifier l'investissement, c'est sacrifier l'avenir.* Une leçon retenue de son expérience de directeur général des services à la mairie de Thionville aux côtés de Jean-Marie Demange avant qu'il ne claque la porte, las de ses emportements.

— C'est quelqu'un qui avait un très bon fond. Rien de méchant en lui. À un moment, qu'est-ce qui fait que ça clique ?

Longtemps candidat à rien, cet ancien avocat s'est depuis peu retiré de la vie politique. Durant ses années passées dans la région, ce partisan d'une grande agglomération, Moselle Nord, aura dénoncé la concentration des pouvoirs et le carriérisme dont à ses yeux le député-maire de Thionville était l'incarnation. Je m'attends donc à une descente en flèche lorsque « le pire ennemi » de Demange accepte de m'apporter son témoignage. Mais dans le mur de ressentiment auquel je me heurte depuis le début de mon enquête, une brèche s'ouvre.

— Demange n'était vraiment pas un salopard, mais une putain de tête de lard. Un homme extrêmement fin d'esprit, rusé et intelligent. Un avion de chasse.

C'est un entretien téléphonique. Assise à mon bureau, je fixe le spectre sonore de l'enregistrement sur l'écran de mon PC. Juste un timbre de voix, des modulations, comme lorsque je remplaçais Macha la nuit sur France Inter[14], à l'écoute des « sans-sommeil ». Ce sera ma posture pour ce livre. Choisir d'être d'abord une oreille et saisir d'un silence ou d'un souffle les mots cachés.

— On se comprenait facilement. On avait un registre d'échanges assez pudique. C'était mon patron, mais la relation était équilibrée. Ça l'arrangeait bien d'avoir un punching-ball. Il avait besoin d'opposition. C'était dans sa nature. J'avais 28 ans.

Patrick Luxembourger sourit.

— Il est très bon à ce moment-là, dans les années où j'ai travaillé avec lui[15], au démarrage de son premier mandat. Très amoureux de sa tâche et de sa ville. Hyper enthousiaste. Sauf que c'est impossible de bosser avec lui ! Mais l'impulsion qu'il donne, ses idées, son engagement dans les détails, son insistance, son mauvais caractère, tout contribue à ce qu'il accomplisse un vrai boulot.

Le réveil du passé se complique. Sa voix s'étrangle un peu, me gratte l'oreille.

— Quelqu'un de très heureux dans ce qu'il faisait, pas forcément dans la vie… Un homme qui avait des fragilités émotionnelles… Il y a un basculement au moment du deuxième mandat. C'est là que Jean-Marie Demange est fragilisé. L'arrivée de nouvelles personnes dans son entourage… Vous avez là un type qui a mauvais caractère et qui s'entoure de personnes avec lesquelles il va nouer des « rapports toxiques ».

Le nom de Bertrand Mertz, élu d'opposition, me vient aussitôt à l'esprit. Je serai confirmée plus tard dans mon intuition par le témoignage d'un autre élu proche de Demange.

Karine Albert, Patrick Luxembourger l'a bien connue.

— Une personnalité, une femme très rayonnante.

Avec Demange, ils déjeunaient parfois dans son restaurant, *La Villa Médicis*, 1 place Général-Patton, à Thionville.

---

14 Macha Béranger, animatrice de l'émission *Allô Macha* de 1977 à 2006.

15 De 1995 à 1999.

— Le maire ne la connaissait pas encore à l'époque de son premier mandat. Ils se sont fréquentés plus tard, quand Karine dirigeait seule l'établissement après s'être séparée de son mari. [Un silence] Je pense à lui, vous savez… Je sais moi-même comment on peut basculer. J'ai vécu des moments très durs. Je sais comment se fait le point de bascule.

Nous abordons l'affaire. La perte de contrôle de Demange, le meurtre terrifiant, le suicide.

— La décomposition des événements me pose problème. Il y a l'histoire, le contexte, et il y a l'hypothèse que quelque chose l'a fait craquer et rendu fou… Qu'est-ce qui a pu conduire cet homme à agir ainsi ?

Il me demande de lui parler du livre que j'écris. L'ancien avocat s'assure que mes intentions sont louables et mon propos, littéraire. Je le conforte dans ce sens. Du bout des lèvres, il m'accorde quelques confidences. Je rentre alors dans l'intimité de la famille Demange.

— Philippe, son fils, était une source de tourment et d'inquiétude. C'est une histoire tellement triste… Sa femme… Sa femme, Christiane, est une personne qui vivait avec un trouble bipolaire. J'ai assisté à beaucoup de choses… Je m'entendais très bien avec elle. Il y avait chez Jean-Marie Demange une énorme souffrance à son égard, je peux le dire, sachant que c'était inconcevable pour lui de divorcer. Il s'y refusait notamment parce que son épouse était malade et potentiellement en situation de grande fragilité. Sans en avoir forcément conscience, des femmes atteintes de cette pathologie peuvent se révéler destructrices et manipulatrices. Je ne suis pas dans le jugement quand je vous dis ça. La problématique de Christiane est un phénomène qui allait en s'amplifiant, avec des effets destructeurs profonds sur la nature de la relation avec son mari. Il est possible que cela ait mis la liaison avec Karine en état de tension.

Christiane Demange.

Pas de photo d'elle dans la presse ou sur le Net.

Peu de témoignages éclaireront son souvenir. J'imagine une femme dans la cinquantaine, à la fois belle et ternie par la maladie. Une personne assez seule, cloîtrée chez elle. Vingt ans d'écart entre elle et Karine.

— Sa femme, c'était une vraie souffrance pour lui, affective et morale. J'imagine que la problématique avec le fils en découle, et aussi cet investissement total dans sa carrière politique... Au fond, c'était un homme empreint de tristesse et d'une grande mélancolie... Et la minute de silence à l'Assemblée[16] alors qu'il vient de commettre un crime, quel enchaînement de circonstances ! C'est dingue. C'est plein d'éléments forts qui représentent beaucoup de symboles de la société...

Luxembourger revient sur l'arrivée du député RPR à la mairie en 1995.

— Quand il reprend Thionville en main, la commune va mal. Je débarque avec lui, je sais de quoi je parle. Gouvernée à gauche depuis dix-huit ans par des dirigeants communistes. De vrais personnages. On est dans du Audiard. Et Demange, c'est l'antithèse. Il affronte des gens redoutables. Les intellos de gauche affichent une forme de mépris à son égard : leur culture n'est pas la sienne. Ce contexte est important. Thionville, c'était son Graal. Bien plus que son poste de député. C'est à ça qu'il vouait sa vie depuis des années. Et il accède à son rêve. Cette ville est une vraie forteresse, politiquement. C'est un bassin d'emploi plus petit que Metz, mais en lien direct avec le Luxembourg... Et là on tombe dans la fameuse période du deuxième mandat. Le basculement commence avec des salades immobilières.

Un silence.

— Je ne vous dirai jamais que Demange y a touché. Mais autour de lui, oui. À un moment, il y a un système qui se met en place.

Luxembourger me confie une dernière chose. Une information qui pourrait donner une tout autre dimension à l'affaire.

---

[16] Cf. chapitre *Une minute de silence*, p. 133.

— Gardez ça pour vous.

Je m'y engage. Il n'en dira pas plus.

La politique. Ses tentations. Ses griseries.

L'agonie d'un triomphe.

De cette cascade d'éléments nouveaux, je retiens Philippe, le fils source de tourment, et Christiane, l'épouse fragile. Jean-Marie Demange s'en détache sans jamais lâcher la longe. Emprise ou soutien ?

Un enfant fardeau, une femme enchaînée à sa solitude et à son trouble psychique, dans l'ombre d'un couple à la dérive, une famille blessée.

Nous touchons peut-être à la source de la fragilité émotionnelle de Jean-Marie Demange et à cette nécessité viscérale qu'il éprouve de tout maîtriser.

Il y avait eu des joies et des morts. Les nuits rouges des hauts-fourneaux et le laminoir de la crise. [...] *Mais la Lorraine resterait à jamais le début de tout. Un monde qui ne valait pour lui que par la profondeur de sa terre noire et le souvenir de ses élans radieux.*

Sébastien Raizer, *Terres noires*

La part du fer

Paris. Fosse gourmande où j'ai fini par glisser. J'y ai trouvé une maison de la radio, 116 avenue du Président-Kennedy.

Devenir une voix, sur France Inter et France Info, une journaliste au service du septième art, être au chevet des livres, parée pour récolter les confidences des petits et grands de ce monde au bout d'un micro.

De la nuit, j'ai connu la beauté des quais de Seine, les bars où l'on chancelle sous le compliment, les projections de presse au Club 13[17] et ses fauteuils en cuir marron, les soupirants maladroits, les décideurs qui s'encanaillent *Chez Régine*, les fins de mois difficiles. Paris. Ville majestueuse et sale tantôt exubérante, tantôt bourgeoise qui s'offre sans pudeur aux touristes pour mieux les perdre dans les couloirs crapuleux du métro. Ville fière et vivante. Comme il n'est pas raisonnable de l'aimer.

Paris est la ville de mon premier roman publié : la jeune Nancéienne que je suis alors, venue de la province la plus à l'est du petit monde parisien pour causer dans le poste, s'y livre à mi-mots. Dans les couloirs de la radio où les amis sont rares, pour

[17] Le mythique Club 13, créé par Claude Lelouch à la fin des années 1960, conjugue salle de projection, restaurant et lieu événementiel.

les besoins d'une traduction une porte s'ouvre parfois sur mon passage :

— Sophie ! Toi qui es de Besançon, tu parles allemand, non ?

La géographie des Bretons de Paname laisse toujours à désirer. La Lorraine est, pour ceux qui n'y ont jamais mis les pieds, un territoire germanophone, une vaste étendue où cohabitent les hauts-fourneaux et les musées qui racontent les poilus, les tranchées. Ils ignorent que dans ce terroir fertile naissent des caractères forts et se nouent de sévères amitiés.

La Moselle en est une part singulière. Les toits en croupes de ses maisons résistent aux quatre vents. Les villages s'enroulent sur la route, les villes se raidissent sous un ciel bleu acier, étendent leurs bras jusqu'aux trois frontières.

Pour comprendre les subtilités de l'affaire et affiner le profil de Jean-Marie Demange, il me faut apprendre la géographie du lieu du crime, tout ce qui relève de la géopolitique d'un territoire : la prospère métropole du fer que fut Thionville à l'époque des Trente Glorieuses, les ouvriers et leurs contremaîtres – des paires de bras récoltées aux pays du Maghreb et pour lesquels on bâtit des quartiers –, une ville qui vit au rythme des trois-huit et des sirènes d'embauche, puis la crise des années 1970, la concurrence du minerai étranger et la fermeture des mines de fer du bassin.

De la Moselle, j'ai quelques souvenirs d'enfance. Mes parents rendaient parfois visite à un camarade de mon père, membre du Parti communiste, ancien mineur atteint de sarcoïdose pulmonaire. Ils parlaient politique autour de brioches posées sur une table basse. Je me souviens de napperons sur les bras et les appuie-tête de fauteuils en velours assortis au papier peint beige clair, d'effluves de cigarettes et de tabac à pipe qui me poussaient à fuir vers un jardin carré dépourvu de verdure. Le gel blanchissait les mottes de terre que je heurtais du bout de mes souliers.

Mon premier mari (qui, avant d'entrer à l'école des Beaux-Arts de Nancy, reproduisait en cachette des tableaux de Michel-Ange dans ses cahiers d'écolier) était de Fameck, une commune proche de Thionville et de la frontière franco-luxembourgeoise. Ses parents habitaient dans une barre HLM, rue de Picardie. Je n'ai pas oublié son père, Raymond, son sourire indélébile, sa tignasse comme un fétu de paille. Un grand corps famélique, marqué par son passage dans un camp de travail forcé en Allemagne nazie et les conditions inhumaines de traitement qu'il y avait endurées, comme la privation de nourriture et les nuits passées à la belle étoile, enterré sous un manteau de neige. Plus tard, bien après la guerre, il fut victime d'un accident à l'usine : la chute d'une palette de plaques d'acier lui broya la jambe et le pied. Rafistolé, condamné à marcher avec des béquilles, il était assez fier d'avoir fait confiance au chirurgien qui, au prix d'une dizaine d'opérations, lui évita l'amputation. Je vois encore ses lunettes lui glisser sur le nez.

Madeleine, son épouse, occupait son temps à tricoter des pulls pour le magasin Phildar, place du Marché. L'été, elle pêchait les écrevisses dans un étang derrière des friches industrielles à Florange, et pouvait rester debout des heures sous le soleil. Ses épaules se couvraient de taches de son. On pique-niquait à l'ombre des arbres dans le silence des hauts-fourneaux.

La Moselle de mon passé est anecdotique.

Celle du prix Goncourt Nicolas Mathieu abrite des premiers amours au creux d'un pays qui s'éteint. Celle du romancier Sébastien Raizer[18] est gangrénée par la mafia serbe, faisant du Pays des Trois Frontières[19] le décor de règlements de comptes à la *John Wick* sur fond de manipulation et de corruption.

La Moselle se prête à bien des accommodements littéraires.

---

[18] Né à Thionville (et vivant actuellement au Japon), ses romans noirs *Les Nuits rouges*, *Mécanique mort* et *Terres noires* (Gallimard) ont pour cadre sa région natale.

[19] Le Pays des Trois Frontières (française, luxembourgeoise et allemande) correspond à l'arrondissement de Thionville, incluant le pays de Thionville et le pays de Sierck. Depuis quelques années, cette zone frontalière est en butte à une recrudescence du trafic de drogue (cannabis, héroïne, cocaïne) du fait de sa proximité avec l'Allemagne et le Luxembourg.

Celle de Bernadette Malgorn est moins tapageuse. C'est une épopée. Première préfète de région en France (1996-2002), cette Bretonne (qui sait que Besançon n'est pas en Lorraine) a appris de la Moselle ses chocs, ses certitudes et ses reliefs. Au téléphone, sa voix frémit de l'affection qu'elle lui porte encore. Dans les années 1980, période de grandes mutations industrielles, elle est secrétaire générale pour les affaires régionales de Lorraine.

— J'étais chargée entre autres de la mise en œuvre du plan Acier décidé par le gouvernement Fabius[20].

Elle a connu de la Moselle le triste sort, les friches industrielles, leurs carcasses hautaines sous le givre et la revanche d'un département à la croisée des mondes. Des vallées de la Fensch et de l'Orne[21], elle a gardé le souvenir de magasins luxueux, de bars, de restaurants et de dancings.

— Il y avait de l'argent, à cette période.

Après la crise du pétrole[22], dans un contexte de concurrence mondiale exacerbée, le plan Barre[23] vise à organiser une « récession ordonnée » des industries de base. La pilule ne passe pas. Sur la promesse du doublement de la production de charbon et d'acier, Mitterrand se fait élire en Lorraine, région traditionnellement à droite.

La feuille de route de Bernadette Malgorn : mettre en œuvre le programme Mauroy qui revient à doubler la production des sites. Sur le terrain, elle voit monter les stocks de plots, de brames et de tubes. Mais si la Moselle produit, elle ne vend pas.

---

[20] Le plan Acier de 1984 entraîne la création de deux filiales d'Usinor et de Sacilor pour une meilleure coopération entre les deux groupes sidérurgiques. Il prévoit la suppression de 8 500 postes dans la sidérurgie lorraine. De nombreuses manifestations de protestation ont touché les villes d'Hagondange, de Neuves-Maisons, de Longwy et de Thionville.

[21] La vallée de la Fensch englobe les villes de Knutange, Hayange, Florange, Nilvange et Serémange-Erzange. La vallée de l'Orne regroupe les communes de Clouange, Rombas, Vitry-sur-Orne, Gandrange, Hagondange, Amnéville, ainsi que le site sidérurgique Arcelor Mittal de Gandrange.

[22] 1973-1979.

[23] Politique d'austérité annoncée en 1976 par le Premier ministre de l'époque, Raymond Barre.

— À l'époque, les Américains avaient mis des mesures protectionnistes sur les tubes. Nos sites étaient sur des productions haut de gamme qui rendaient très fiers les salariés, mais au bout de deux ans, je faisais rapport sur rapport, en disant « attention, on n'a pas de débouchés, on est plus chers que les autres ». Les mines de fer étaient proches de l'épuisement, on avait des taux de contenu ferreux moitié moins élevés que le minerai importé… Ça ne pouvait pas marcher.

Delors et Fabius sont conscients de la situation. À cette première période, les élus venaient voir Bernadette Malgorn pour des questions de réindustrialisation – l'enjeu que représentait l'implantation de nouvelles entreprises engendrait des rivalités entre les communes et les départements de Moselle et de Meurthe-et-Moselle.

— Après 1996, lorsque je reviens dans la région en qualité de préfète, les restructurations sont faites. Mais le bassin sidérurgique s'est effondré. L'entreprise « paternaliste » s'est retirée.

L'ensemble des fonctions collectives et sociales ayant été jusqu'alors assurées par la sidérurgie ou les Houillères, l'État s'est engagé à remettre les mairies en responsabilité. Qui pour protéger ? Sécuriser ? Quel nouveau système instaurer ? C'est tout un processus de modification qui s'opère en plein contexte de guerre du Golfe.

Un changement de monde. Un autre équilibre à trouver.

Un transfert progressif des fonctions s'opère.

Et dans ce cadre, Jean-Marie Demange est un interlocuteur majeur.

Du député-maire, Bernadette Malgorn a gardé souvenir. Les relations sont officielles, les échanges portent sur des dossiers importants – Thionville est chef-lieu de sous-préfecture en plein bassin sidérurgique. Elle le voit souvent à des réunions, au milieu d'autres élus.

— Il aimait passionnément son métier et sa ville.

Son tempérament, ses réactions au quart de tour, il est l'homme qui parle plus vite que son ombre, réactif.

— C'est *le petit nerveux*.

Colérique, il monte sur ses grands chevaux, excessif en parole.

— Le genre à claquer la porte dans une réunion si cela n'allait pas dans son sens, et à revenir quelques minutes après.

L'ancienne préfète évoque des engueulades sur des dossiers dans le cadre de la reconversion du bassin.

— La gestion de l'eau posait un problème. Il fallait maintenir l'alimentation en eau de Thionville en quantité et en qualité, et faire en sorte que les travaux au fond des mines de fer de la vallée de la Fensch garantissent la ville contre les inondations.

Autour de la table, Malgorn bataille avec les maires de Fameck, Uckange, Thionville et Amnéville pour trouver des solutions qui permettent de servir de manière égale toutes les communes. Demange ne lâche rien pour sa ville. Les PV de séances des conseils municipaux que j'ai parcourus le confirment. Alors elle tranche.

— Un consensus ne pouvait sortir uniquement de la relation entre ces messieurs.

Parfois ils se liguaient contre elle.

Le souvenir le plus marquant que Bernadette Malgorn a de Jean-Marie Demange est l'inauguration du conservatoire de Thionville : un équipement culturel imaginé par la précédente municipalité, dans les cartons depuis plus de vingt ans. Demange le concrétise en 1997, au début de son premier mandat. La ville dispose enfin d'une école de musique à la hauteur de l'agglomération et d'une salle de concert de cent cinquante places où Brigitte Engerer, pianiste de renommée internationale, offre un concert mémorable.

— J'ai peu rencontré Christiane, sa femme. Une personne très discrète.

Son visage s'est effacé dans sa mémoire, comme dans celle de la plupart des gens que j'interrogerai à ce sujet. L'épouse du député-maire relève de la transparence.

— J'ai appris le drame atroce de Thionville directement par le réseau ministériel[24]… Des circonstances romantiques qui finissent mal… Et alors, vous allez écrire un livre ?

— Oui.

— Pourquoi vous faites ça ?

Difficile de lui répondre.

Difficile de savoir pourquoi, soudain, un livre s'impose.

J'évoque la dimension pédagogique à laquelle je m'attache dans le cas précis de cette affaire, mon processus d'écriture – la nécessité d'adosser mes romans à une histoire vraie – bien que mon travail ici soit différent : ni ruse, ni héros, ni cosmétique. Mais avant toute chose, j'écris ce livre pour casser la douleur logée au creux de seize années de silence. Il faut redessiner de la fable les personnages de l'*irrésistible aubergiste* et du *Saddam Hussein en Moselle*.

Avant de raccrocher, l'ancienne préfète, dont jamais les mots ne sont de trop, me confie avec douceur :

— Indépendamment de ce que l'on sait des élus, on en voit beaucoup sur lesquels on se pose la question de savoir ce qu'ils deviendront le jour où ils ne s'occuperont plus de politique. Ce sont des métiers publics, très exposés. On peut faire la comparaison avec la fonction préfectorale. J'ai connu plusieurs camarades qui se sont suicidés… On peut toujours dire *ce sont des problèmes personnels*. Il y a un cas en particulier dont j'étais assez proche… Pour certains élus, leur travail, c'est leur raison de vivre.

Bien des semaines plus tard, en relisant la transcription de l'interview, un nom me vient à l'esprit. Celui de Pierre Bérégovoy.

Bernadette Malgorn l'a forcément connu ; il est ministre de l'Économie et des Finances à l'époque où elle occupe le poste de secrétaire générale pour les affaires régionales de Lorraine. Son

---

[24] Bernadette Malgorn était alors secrétaire générale du ministère de l'Intérieur.

suicide a tristement marqué le septennat de François Mitterrand[25]. Nommé Premier ministre en avril 1992, Pierre Bérégovoy est la cible d'attaques de la presse durant son mandat. Des accusations de corruption l'accablent. Après la défaite de la gauche aux élections législatives de mars 1993, il est remplacé par Édouard Balladur. Pierre Bérégovoy souffre d'une dépression que ni ses fonctions de maire ni celles de député ne semblent combler. Il fait part à un proche collaborateur de son envie de disparaître, parle d'un *acte fondateur fort qui permettrait de tout laver* et demande à son avocat de s'occuper de ses enfants s'il vient à mourir.

Le premier mai 1993, il se suicide. Il a 67 ans.

La politique, ce laminoir.

La violence qui s'exerce sur celles et ceux auxquels nous choisissons ou pas d'accorder notre confiance, cet indomptable tourment, touche les élus dont l'engagement dans leurs fonctions alimente un feu intérieur. Si vous leur retirez leur mandat, ils tombent en cendre.

[25] Le 4 mai 1993, lors de ses obsèques, François Mitterrand déclare : « Toutes les explications du monde ne justifieront pas qu'on ait pu livrer aux chiens l'honneur d'un homme, et finalement sa vie. »

Il y a ceux qui regardent les choses telles qu'elles sont et qui se demandent pourquoi. Il y a ceux qui imaginent les choses telles qu'elles n'ont jamais été et qui se demandent pourquoi pas.

Extrait des vœux du député-maire de Thionville, le 6 janvier 1996.

La part du lion

Mon expérience de la politique ? Le sentiment d'avoir été suspendue tel un pantin au-dessus d'un baby-foot où les électeurs en crampons et maillot, soudés, armés de leurs convictions, sont pris en main par des adversaires prêts à tout pour emporter le match. Mais une fois la dernière balle dans le panier et la victoire arrachée, la lumière s'éteint, les adversaires s'en vont. Le baby-foot reste là, au fond de la salle d'un bar PMU, avec ses petits joueurs au sourire peint, figés jusqu'aux prochaines élections, toujours prêts à se faire manipuler.

Il faut une sacrée conviction pour se lancer en politique, croire que l'on pourrait changer les choses en profondeur et réenchanter la démocratie. Il faut supporter le regard des autres qui, parce que vous êtes engagé politiquement, vous considèrent soudain comme un imbécile sur les réseaux sociaux ou vous tapent dans le dos quand ils vous croisent au bureau. Une signature pour une pétition écolo suffit.

J'ai tenté une fois l'aventure « sans étiquette », au sein d'une municipalité de la Seine-Saint-Denis. Conseillère municipale dans l'opposition, j'ai assisté à quelques joutes verbales qui ne volaient pas bien haut avant de rendre mon insigne, faute de trouver à redire sur la gestion de la ville du nouvel élu en fonction. Rien n'est pire que ce sentiment d'inutilité publique.

La politique s'incarne en Jean-Marie Demange. Une discussion l'embarque, il navigue jusque tard dans la nuit, éprouve ses conseillers avec son exigence. Maire, il n'a plus jamais d'heure.

Mais que valait-il dans ses habits de député de la neuvième circonscription de Moselle ? Était-il comme ses détracteurs l'affirment un adepte de l'Assemblée buissonnière ? Sa motivation première était-elle une ambition personnelle phénoménale ?

Les archives du *Républicain Lorrain* nous donnent des éléments de réponse.

Lettres anonymes : plainte du DR DEMANGE

D'emblée, son arrivée dans le paysage politique mosellan dérange : le 11 mars 1986, à la rubrique des faits divers, on apprend que le conseiller général RPR du canton de Thionville-Ouest où il exerce comme médecin depuis dix-sept ans a déposé plainte contre X au commissariat de police *pour dénonciation calomnieuse*. De nombreux électeurs auraient reçu *des lettres anonymes polycopiées* portant atteinte à son honorabilité et à celle de son épouse. Je donnerais cher pour retrouver l'une de ces lettres et savoir ce qui se disait alors à son sujet.

Pas encore député, déjà fustigé.

Le 14 mai, à peine élu, il déclare depuis sa permanence située 11, rue d'Angleterre : *Mon objectif, c'est la mairie de Thionville.*

Le 15 mai, un article intitulé *Sous le signe du Lion* (une référence à son signe zodiacal) annonce l'arrivée d'un nouveau venu sur la scène thionvilloise, lequel, en un peu plus d'un an, a raflé coup sur coup un mandat de conseiller général et de député. *Traité de parachuté par les uns, d'usurpateur par les autres,* c'est l'homme qui donne de l'urticaire à la droite comme à la gauche. Demange va vite. Trop vite. Il bouscule les règles. Ses victoires remettent en cause l'équilibre des forces en présence. D'autant qu'il vise désormais la mairie. Le docteur Demange se veut mordant, gagneur. *Un passionné fidèle, sensible mais pas impulsif,* déclare-t-il au journaliste. *Mon père m'a appris la tolérance, toutefois, je suis tranché dans mes décisions.* Le père. L'ombre dans laquelle il semble s'épanouir. L'article présente le nouveau député comme un amoureux de la nature, jadis coureur de fond, un fin pêcheur qui aurait tiré de son étang un brochet de onze kilos. Sa devise dans la vie : *se réaliser.* D'abord comme médecin (Demange exerce une matinée par semaine à son cabinet d'angiologie) puis en politique. *Je ne suis pas un arriviste, je ne cherche pas le pouvoir personnel, mais je l'utilise pour servir une région. À travers cela aussi, je m'affirme, je me réalise.*

Se réaliser. S'affirmer. Servir.

Papa était infirmier militaire et résistant, un fervent gaulliste. À n'en pas douter, le fiston met ses pas dans ceux de son père. Celui-ci l'a probablement poussé à prendre sa carte à l'UDR en 1972[26]. Maurice Demange inscrit son fils dans la droite ligne du Général. Lancé dans la députation, Jean-Marie compte bien tracer sa voie sous l'étiquette du RPR. Jacques Chirac, alors Premier ministre de François Mitterrand, en est la figure de proue.

Sur la fiche du service communication du *Républicain Lorrain* du 28 novembre 1986 qui lui est dédiée, on peut lire :

JMD aime la pèche, la nature et la course de fond.
Il a le sens du contact. Ses ambitions politiques :
dans l'union, enlever à la gauche la mairie de Thionville.

Le 20 décembre 1986, Jacques Chirac, visite en grande pompe la base aérienne militaire de Metz-Frescaty. Sur l'un des clichés du reportage photo du *Républicain Lorrain*, le nouveau député se distingue au milieu des officiels par sa petite taille et son imperméable couleur mastic boutonné jusque sous le menton. Les traits de son visage trahissent un ravissement.

[26] Ce parti du mouvement gaulliste et de ses proches alliés est créé en réaction aux événements de Mai 68, à l'issue desquels le président de Gaulle a dissous l'Assemblée nationale.

Le 26 mars 1987, préoccupé par l'avenir économique de la région thionvilloise, il déclare dans la presse que *Thionville doit devenir un pôle européen.* Il explique vouloir faire de la cité une des places commerciales de l'Europe de demain.

Le 18 septembre, à l'Assemblée, le député Demange interroge Édouard Balladur, alors ministre des Finances, sur la situation fiscale des frontaliers résidant en France et exerçant en République fédérale d'Allemagne. Le 21 septembre, il attire l'attention de Philippe Séguin, ministre des Affaires sociales, sur les conditions dans lesquelles une entreprise pourrait aider un de ses employés à faire face à des difficultés financières liées à des problèmes de santé. Le 27 octobre, le député questionne le même ministre sur le problème de la protection sociale des veuves. Le 6 novembre, Alain Juppé, ministre délégué auprès du ministre d'État chargé du Budget, rassure le député sur le projet budgétaire 1988 de l'enseignement privé.

La liste de ses interventions se poursuit, je vous l'épargne.

Le Républicain Lorrain relate aussi fidèlement les actualités liées à l'activité du député : en octobre 1989, il écrit à Pierre Bérégovoy, alors ministre de l'Économie, des Finances et du Budget, pour lui faire part de l'inquiétude des maires de France en raison de la remise en cause de l'indexation de la dotation globale de fonctionnement (DGF) sur les recettes de la TVA, laquelle aurait un impact négatif sur les finances des communes. Le 20 octobre 1990, sa photo est dans l'édition régionale : en déplacement en Arabie saoudite avec d'autres parlementaires, invité au titre d'observateur, Demange pose en costume-cravate aux côtés du prince héritier Cheik Saad al-Abdallah al-Sabah du Koweït avec lequel il s'est entretenu, abordant la question de la guerre du Golfe. Au journaliste, il confie déplorer *le suivisme français par rapport aux Américains.*

Le 18 juin 1995 (date hautement symbolique pour un élu dans la droite ligne du gaullisme), le député accueille Jacques Chirac, président de la République fraîchement élu, en visite à l'Institut de soudure de Thionville. Il admire son style, apprécie sa sensibilité écologique qui est aussi la sienne, sa proximité populaire et sa fierté à défendre l'indépendance nationale. Pierre Heckler immortalise les deux hommes côte à côte, regardant dans la même direction. L'émotion et la fierté se lisent sur le visage du petit député que le photographe, jouant sur l'angle de vue, parvient à placer la même hauteur que le président. Entre eux, le courant passe : le 3 décembre 1998, Demange est reçu à l'Élysée à l'occasion d'un pot informel avec une dizaine de députés de l'opposition.

Sur le site de l'Assemblée nationale figurent les différentes commissions auxquelles il participe ou qu'il préside dès le mois d'avril 1986 : commission de la production et des échanges, commission des Affaires étrangères, commission des Finances, de l'économie générale et du plan, commission des lois constitutionnelles, de la législation et de l'administration générale de la République, commission d'enquête sur la pollution de l'eau et la politique nationale d'aménagement des ressources hydrauliques, commission d'enquête sur la situation de la SNCF, commission d'enquête sur l'aménagement de la Loire, le maintien de son débit, la protection de son environnement, délégation de l'Assemblée nationale pour l'Union européenne...

En plus d'être membre de la commission des Affaires étrangères, l'élu de Moselle devient un spécialiste des questions énergétiques, membre de la majorité des groupes d'études sur le sujet (biomatériaux, dépendance, ressources minières, pics pétroliers et gaziers), et se voit nommer secrétaire au groupe énergies. Il se joint à d'autres groupes d'études qui touchent à des sujets auxquels il s'intéresse ou qui concernent la Moselle (route et sécurité routière, santé et environnement, toxicomanie, transports multimodaux, travailleurs frontaliers). Sa profession de médecin le pousse également à soutenir différents combats comme le don du sang.

Il donne à son pays, à son département, à ses administrés, à la ville qu'il s'apprête à conquérir. Il ne laisse rien passer, comme le 7 août 1989, lorsqu'il s'inquiète auprès du ministre de l'Équipement de la suppression, en gare de Malling et de Kœnigsmacker, de l'autorail assurant le trajet Trèves-Thionville. Et une matinée par semaine, il continue de recevoir ses patientes dont il soigne les varices.

Se réaliser. S'affirmer. Servir.

Et bichonner son électorat.

La perte de Thionville le pilonne.

On le voit intervenir une dernière fois dans l'hémicycle le 27 mai 2008. Sur les bancs de la majorité, désormais, Demange fait acte de présence.

Il s'efface déjà.

— Je ne me rendais pas compte qu'il était si déprimé.

Marie-Jo Zimmermann, aujourd'hui conseillère départementale de Moselle, est à l'époque députée de la troisième circonscription de la Moselle. Chaque semaine, elle retrouve le député-maire sur le quai de la gare de l'Est, puis ils prennent un taxi pour se rendre à l'hémicycle. Depuis quelque temps, Demange ne va pas fort. Tout en marchant d'un pas rapide sur le quai, il lui répète : *Je suis au fond du trou*. Cela n'a rien d'exceptionnel aux yeux de la députée : l'homme, excessif en tout, vient de perdre les élections municipales. Il accuse le coup.

— Dans la députation, il n'y a pas ce côté charnel, cette proximité qu'on a quand on tient les rênes d'une grande ville : on l'a construite, on l'accompagne. En tant que député, Jean-Marie Demange avait la responsabilité de ses administrés, mais pas de pouvoir de décision. Je lui disais toujours : « Écoute, tu es député, tu as de quoi te reprendre. »

Nous sommes le jeudi 13 novembre 2008, soit quatre jours avant son passage à l'acte. Jean-Marie Demange monte dans un taxi avec Marie-Jo Zimmermann. Elle remarque qu'il ne tient pas en place. Il secoue le siège passager, s'agrippe à l'appuie-tête. Selon lui, le chauffeur ne va pas assez vite, il ne prend pas le bon chemin et conduit comme un pied. Marie-Jo est habituée à son caractère. Mais ce jour-là, le député est d'une nervosité maladive. En surtension.

C'est un témoignage crucial qu'il convient de garder en mémoire.

Nous ne sommes pas face à un enfant dont on aurait cassé le jouet, mais plutôt devant le capitaine au long cours de la marine britannique Edward Smith[27]. Il a fait montre d'un excès de confiance en lui et d'arrogance, il a ignoré les avertissements adressés par son équipage politique et ses proches, il ne s'est pas adapté aux conditions du moment, il a mal évalué l'amplitude de son gouvernail, il n'a pas vu venir l'iceberg. De l'un comme de l'autre, l'Histoire retiendra le fracas de leur crime spectaculaire – toutes proportions gardées.

[27] Capitaine du Titanic qui coule après avoir heurté un iceberg en 1912, Edward Smith périt dans le naufrage, à l'âge de 62 ans. Son erreur de navigation entraîne la mort de 1 500 passagers.

Les soldats sont comme des enfants. De même qu'un enfant veut un père ferme, les troupes sont avides de discipline. Une façon de maintenir la discipline, c'est de fusiller un homme à l'occasion.

Extrait des *Sentiers de la gloire*, film de Stanley Kubrick, adapté du roman éponyme de Humphrey Cobb

La part du père

Le lien qui unit le père et le fils constitue la partie la plus fascinante du parcours de Jean-Marie Demange. Il détermine la construction de sa personnalité et n'est pas étranger à son ultime basculement.

Maurice et Jean-Marie, c'est une relation entre pierre et ciseaux. En dépit de la fierté qu'il éprouvait pour son fils, Maurice ne voyait jamais en lui que l'enfant de jadis, un garçon qui ne fournirait jamais assez d'efforts pour atteindre l'excellence qu'un père est en droit d'attendre. À ce titre, l'anecdote qui me fut rapportée par un proche de Jean-Marie Demange est éloquente : lorsqu'il est reçu en première année de médecine, en guise de félicitations, le futur député se voit administrer une paire de gifles parce qu'il est *mal reçu*. Entendez par là que son admission ne s'est pas faite sur les meilleures notes de sa promotion.

Vaincre. De la vie connaître la montée éreintante, la boue glacée et la plénitude de la réussite. Faire de l'audace un sésame. Et quand on revient de loin, ne se donner aucune limite. Voilà qui pourrait être l'adage de Maurice Demange, dont la vie mériterait bien un roman.

On trouve trace de la famille Demange dans le premier registre paroissial des baptêmes, qui remonte à 1655. Une lignée qui traverse les époques sans quitter Maizières-lès-Metz. Maurice Demange, le troisième d'une famille de sept enfants, y voit le jour le 16 octobre 1921. Son père Victor est cultivateur, livreur de boissons, puis, après la Libération, en 1945, policier municipal. Il mourra sous l'uniforme dans l'explosion d'une mine allemande. Maurice Demange passe son certificat d'études primaires en 1935 et embauche bientôt à l'usine sidérurgique d'Hagondange. Lorsque celle-ci passe sous l'autorité allemande en 1941, il commet un sabotage sur des pièces d'armement militaire destinées à l'ennemi. Arrêté et interrogé par la Gestapo de Metz, il fuit la Moselle annexée et s'engage dans l'armée française au 13e bataillon de chasseurs alpins à Chambéry. Deux hommes de son âge l'ont accompagné, dont Charles Hemmer, le frère de sa fiancée, Marie-Louise. Née le 17 août 1923, à peine âgée de 18 ans, la jeune femme est enceinte de leur premier enfant au moment où le futur époux prend la fuite avec son frère. La désertion de Charles lui vaut, ainsi qu'à sa famille, d'être envoyée le 21 août 1941 dans un camp de travail à Lebenstedt, en Allemagne.

En mars 1942, Marie-Louise est autorisée à rentrer seule à Maizières pour donner naissance au petit Camille, le frère aîné de Jean-Marie. Le 15 mai, Maurice revient clandestinement à Maizières pour emmener sa fiancée et son fils en zone libre. Le jeune couple passe la ligne de démarcation en fraude et rejoint Montastruc-la-Conseillère (Tarn-et-Garonne) après un périple de près de mille kilomètres. Les fiancés s'épousent le 6 juin 1942. Le 23 juillet 1943, Jean-Marie Charles Demange vient au monde à Toulouse, probablement au service maternité de l'hôpital de La Grave. C'est un grand prématuré, mais il survit. Son second prénom est celui de son oncle, Charles Hemmer.

Maurice rejoint le maquis toulousain quelques mois plus tard et participe à la campagne d'Alsace sous les ordres du général de Lattre de Tassigny en novembre 1944. Fait prisonnier, il est envoyé au stalag de Villingen en Allemagne, d'où il s'évade avant d'être repris. Après la Libération, il s'engage dans une carrière militaire au service de santé des armées durant laquelle il passe son diplôme d'État d'infirmier. C'est avec grade et fonction d'adjudant-chef infirmier-major qu'il quitte la vie militaire.

Maurice Demange, longtemps affecté loin de la Lorraine, en République fédérale allemande et dans d'autres régions militaires françaises, change de cap. La politique locale l'attire. Et Maurice sait que l'exercice d'un mandat électif est une des possibilités de rompre son engagement. Il s'installe comme infirmier libéral à Maizières en janvier 1965, constitue sa propre liste. Cet ancien résistant n'est pas un homme d'appareil. Il ne jure que par le Général. Il remporte la mairie de sa ville natale trois mois plus tard, avec la majorité absolue. Jusqu'en 1982, il exercera son métier d'infirmier parallèlement à son mandat.

La jeunesse des trois enfants – Gérard Demange, le cadet, vient au monde en 1952 – se passe au fil des différentes affectations de leur père et sous son autorité. J'imagine dans quel décor ils ont grandi, les médailles encadrées au mur, le parfum d'amidon à la lavande que dégage la vapeur du fer lorsque Marie-Louise repasse les chemises de papa, et puis les rideaux sans faux plis aux fenêtres, les logements de fonction auxquels on ne s'attache pas. Pour avoir eu un oncle adjudant-chef, je sais le niveau élevé d'exigence qu'un militaire peut avoir envers ses enfants. Des trois gaillards, celui du milieu, Jean-Marie, donne probablement plus de fil à retordre à Maurice. L'époque est aux corrections, à l'usage du ceinturon, si nécessaire. Cette méthode d'éducation ne forge pas le caractère, mais nourrit la honte, la rancœur et une mauvaise estime de soi. Elle renforce l'image de la toute-puissance paternelle et de la domination patriarcale.

Ce père sportif, gymnaste dans sa jeunesse, joueur de foot militaire et amateur de vélo, entend que les garçons embrassent aussi une carrière sous les ordres et s'accordent au rythme de sa foulée.

D'ailleurs, sa politique municipale envers la jeunesse sera tout entière axée sur le sport, dotant la commune de Maizières-lès-Metz d'équipements sportifs qui rendraient jalouse n'importe quelle autre ville de même taille.

L'aîné des fils Demange deviendra chef d'entreprise dans le domaine de la gestion des déchets, les deux autres opteront pour la médecine, même si Jean-Marie se destinait plutôt au métier de professeur des écoles.

Sportif, Jean-Marie ne l'était pas. En dehors de la course de fond. Il avait pratiqué le tennis dans le premier club municipal et fait aménager un court derrière sa maison de Maizières-lès-Metz, à l'époque où ce sport se développait. Une piscine se trouvait également sur ce vaste terrain arboré.

L'historien et conférencier Jean-Claude Jacoby[28], grâce auquel j'ai pu retracer le parcours de Maurice Demange, fut secrétaire des services municipaux de Maizières-lès-Metz durant une dizaine d'années. C'était un proche de la famille. Dans son ouvrage *Maizières-lès-Metz – L'Embellie : Histoire contemporaine, de 1945 à nos jours,* il décrit Maurice Demange comme l'enfant du pays qui s'est totalement identifié à sa commune. Maizières était sa ville, et durant ses trente années de mandat, il s'est consacré tout entier à elle. On retrouve chez Jean-Marie ce même attachement viscéral.

Le père et le fils avaient d'autres points communs : ils n'étaient pas très grands mais très nerveux. Les camarades de classe de Maurice, un adolescent plutôt vif, l'appelaient *Tic-tic* parce qu'il réagissait au quart de tour, ce qui n'est pas sans rappeler le caractère de Jean-Marie. Père et fils vivaient semble-t-il en bonne entente, habitaient la même ville. Une coïncidence ? Jean-Marie avait fait l'acquisition d'un beau pavillon jumelé à Maizières, situé non loin de celui, plus

---

[28] Auteur entre autres de l'ouvrage *Le Tourbillon. Maizières-lès-Metz et Maizièrois dans la Seconde Guerre mondiale*, ouvrage distingué par l'Académie nationale de Metz (1er prix d'Histoire 1997) et édité chez Koehl.

modeste, de Maurice. Bien que les trois fils Demange soient restés proches de leur père, géographiquement parlant, le choix d'une telle proximité interroge. Les belles propriétés ne manquent pas, à Thionville. Mais il y a sans doute chez Jean-Marie Demange une recherche de validation paternelle.

N'oublions pas qu'il a grandi dans l'ombre d'un héros, un résistant dont le buste s'orne de la croix de guerre et qui raconte aux fistons s'être évadé six fois des geôles allemandes. Un élu de longue durée, aimé et admiré. Figure imbattable ? *T'étais maire de Maizières, moi un jour je te dépasserai, je serai maire de Thionville*, lui dit-il un jour. Médecin, député, président de la Société d'équipement du bassin lorrain, membre du conseil général de Moselle, maire de Thionville, il est en recherche constante de reconnaissance. Le fils veut exister aux yeux de son père.

Le 2 juillet 1995, quelques jours après les élections municipales, Maurice, alors âgé de 74 ans, est victime d'un malaise cardiaque. Jean-Marie vient aussitôt à son chevet. *Il s'agit d'un infarctus massif*, précise-t-il au journaliste du *Républicain Lorrain*, lequel achève l'article en page locale d'un *Souhaitons que le « Lion » de Maizières gagne ce nouveau combat.*

Le contexte dans lequel survient le malaise de Maurice Demange est loin d'être anecdotique. Ironie du sort ou paradoxe, il y aurait là matière à écrire une triste farce.

Le jour où Jean-Marie remporte la mairie de Thionville, Maurice perd la place de maire qu'il occupait depuis trente ans au sein de sa commune. Son premier adjoint, un socialiste de 50 ans, l'a battu dans une triangulaire. Notons que par un étrange coup du sort, en 2008, Jean-Marie Demange va lui aussi perdre sa mairie par la même cause : un conflit ouvert entre un maire colérique et un conseiller municipal d'opposition.

Fallait-il que le père échoue pour que le fils l'emporte dans un rééquilibrage opéré par le destin ?

La victoire s'efface derrière la défaite.
Comme une deuxième paire de gifles.

Une fois rétabli, Maurice Demange prend la décision de quitter la ville à laquelle il a tant donné mais qui lui a tourné le dos. Il vend la maison qu'il vient de faire construire et s'installe à Béziers, dans le Sud. La colère passe, l'ennui s'installe. Quatre ans après, il est de retour à Maizières auprès de ses proches.

Un basculement s'est opéré. Une inversion des pouvoirs. Durant les treize années de mandat de Jean-Marie Demange, Maurice ne vient jamais voir son fils à la mairie sauf une fois, à l'occasion d'un événement officiel auquel il accompagne son ami Pierre Messmer[29]. En tant que député, Jean-Marie honore de sa présence toutes les inaugurations de son père à Maizières. Ce dernier voit-il seulement son fils prodigue derrière l'écharpe, la couleur rouge portée près du col ?

On peut être frappé par la similitude de réaction du père et du fils lors de leurs défaites réciproques : l'un fait un malaise cardiaque, tourne le dos à sa ville et prend la fuite, l'autre tombe dans la dépression, portant sa députation comme un fardeau.

Une autre similitude va bientôt m'apparaître au fil des entretiens que je vais avoir avec des proches de la famille. Un point commun à leur vie intime : l'existence d'un amour secret.

Le 13 octobre 1977, Marie-Louise Demange est emportée par un cancer à 54 ans. Son fils Jean-Marie, alors âgé de 33 ans, assiste à son agonie. Elle meurt dans ses bras. Maurice est effondré. À l'époque, le couple recourt aux services d'une femme de ménage, Odile Rauch-Sartor. Elle vit seule avec sa fille Marie-Rose ; elle a quinze ans de moins que Marie-Louise. Quelques mois après son

[29] Pierre Messmer (1916-2007), figure majeure de la vie politique et militaire française, résistant, ministre des Armées et Premier ministre (1972-1974), joua un rôle clé dans la modernisation militaire française, notamment la dissuasion nucléaire, et poursuivit une politique gaulliste sous Pompidou.

décès, Maurice l'accueille au sein de son foyer. Le bruit court[30] qu'un sentiment profond les liait bien avant.

À l'occasion d'un hommage rendu à son père, le frère cadet de Jean-Marie, Gérard Demange, confiera à la presse : *La mort de ma mère, sa conseillère de l'ombre, l'a laissé désemparé [...] Odile, qu'il a épousée, l'a beaucoup aidé et je lui en suis très reconnaissant.*

Peu importe que la relation amoureuse ait existé en amont de sa reconnaissance officielle. Il est des drames qui embarquent les cœurs pour qu'ils ne se brisent pas : la présence d'Odile est une bénédiction pour Maurice, et il considère sa fille Marie-Rose comme la sienne. Mais la symétrie est là : deux quinquas vont chacun s'éprendre d'une mère de famille dans la trentaine.

Les injonctions qui pèsent principalement sur les fils à cette époque sont puissantes, en particulier dans une région où l'engagement politique se fait sous la conduite du père. Il est primordial de s'élever socialement. Avocat ou médecin, c'est la réussite à tout prix, la reconnaissance de l'effort et de la rigueur. L'échec, quels que soient la manière, le jour et l'heure où il survient, est une sentence dont on ne se relève pas.

Jean-Marie Demange, dans les pas de son père, aura fini par trébucher.

---

[30] Information confirmée par la journaliste Marie-Thérèse Viguier, correspondante locale du *Républicain Lorrain.*

Si nos actions, nos pensées, sentiments et mouvements parviennent – du moins en partie – à la surface de notre conscience, c'est le résultat d'une terrible nécessité qui a longtemps dominé l'homme, le plus menacé des animaux : il avait besoin de secours et de protection, il avait besoin de son semblable, il était obligé de savoir dire ce besoin, de savoir se rendre intelligible [...]

Nietzsche, *Le Gai Savoir* (1881)

La part du fou

— On ne peut pas comprendre Demange si on ne revient pas en arrière.

La voix est posée, un peu enrouée. C'est celle d'un médecin. Un bref échange par SMS le mardi 15 octobre et j'ai l'accord de Pierre Cuny. Il me propose de le joindre vers 15 heures, m'accorde une demi-heure d'interview.

Nancéien marié et père de trois enfants, il est le fils du professeur Gérard Cuny, doyen de la faculté de médecine de Nancy qui a consacré sa carrière professionnelle à la gérontologie après avoir milité pour que la gériatrie se développe dans le cadre de la médecine interne. Un réseau pour l'accompagnement des personnes âgées aux parcours de santé complexes – comme celui de ma mère atteinte de plusieurs pathologies – porte son nom.

Il est des hommes d'utilité publique que l'on ne célèbre jamais assez.

— La politique, je n'y pensais pas une seule seconde.

Brièvement, Pierre Cuny fait le récit de sa rencontre avec celui dont il prendra la place à la mairie de Thionville en 2016, fonction qu'il occupe encore aujourd'hui. À l'époque, chef de service du CHR de Metz-Thionville, le médecin endocrinologue travaille sur le projet Synergie Santé, une maison d'information et de prévention qui s'adresse aux professionnels et au public, dédiée à la santé en plein cœur de Thionville. Demange aimerait lui proposer de faire partie de son équipe en vue de son troisième mandat. Ils ne se connaissent pas. Pierre Cuny est curieux de cette facette de la vie publique dont il ignore tout. Alors, pourquoi pas conseiller municipal ?

— C'était le maire de Thionville, la ville où j'habitais depuis vingt-deux ans. Je n'avais pas de regard particulier sur lui, si ce n'est qu'il m'apparaissait comme quelqu'un de plutôt autoritaire.

Durant les deux années qui précèdent les élections de 2008, le député-maire et le chef de pôle au CHR se rencontrent une fois par mois. Demange le prend d'affection. Quelques jours avant le premier tour, il propose au médecin d'être son premier adjoint. *Tu seras mon successeur*. L'endocrinologue rallie l'équipe sans étiquette politique.

— On a perdu l'élection de 2008 à trente-cinq voix près, au premier tour.

Au sortir du scrutin, la droite locale est en charpie. Jean-Marie Demange s'efface, Pierre Cuny est propulsé chef de file de l'opposition thionvilloise aux côtés de Jackie Helfgott[31]. Il est comme un oiseau tombé du nid. Au conseil municipal, les premiers mois de la nouvelle mandature sont dominés par une violence continue.

— La médecine, ce n'est pas le monde des bisounours, mais il y a du respect. Là, je tombais dans un univers auquel je n'étais pas habitué... Du jour où Demange perd son élection jusqu'au drame de la rue des Pyramides, je suis resté à ses côtés. Les gens qu'il avait servis l'ont abandonné tout de suite. Un homme politique battu, ça n'intéresse plus grand monde. J'étais un des seuls à essayer de le gérer sur le plan personnel et familial. Parce qu'on ne peut pas comprendre Demange si on ne revient pas en arrière.

---

[31] Médecin anesthésiste exerçant à Thionville, actuel adjoint à la culture à la mairie, conseiller régional Grand Est et président de la commission Tourisme.

Du grand prématuré que l'on couche dans une boîte à chaussures tapissée de boules de coton, Pierre Cuny connaît l'histoire. Il sait de son ami ce qu'il a bien voulu lui confier, à savoir qu'il souffrait de sa petite taille, qu'il était bègue et amblyope[32]. Assez pour forger en lui l'homme qui ne s'aimait pas.

— Son père était assez dur avec lui-même et avec les autres, à commencer par ses fils. Leur réussite n'était pas une option. Jean-Marie a souffert de la rigueur paternelle. Et il était aussi très proche de sa mère, très accroché à elle.

Le petit homme mal construit qui rêvait de grandeur, c'est le camarade de classe dont personne ne veut, le petit sur la photo avec un cache sur l'œil, le fils entre deux frères dont les résultats ne satisfont jamais papa, le gamin souffreteux que maman a tendance à surprotéger et surestimer. Entre père et mère, les messages contradictoires le déboussolent, favorisent le développement d'un trouble narcissique de la personnalité.

— Il y a une blessure, chez Demange. Une fracture qui a conduit tout ce qui était l'homme. Je l'ai constaté quand j'ai commencé à le côtoyer : il supportait mal la contradiction. Il surmontait son manque d'estime de soi en essayant de casser les autres alors qu'au fond, sous des aspects très rugueux, sous cette carapace, c'était un être d'une sensibilité extrême. On prenait à tort son arrogance pour une forme de supériorité : cela traduisait simplement une fragilité. Cet homme essayait de se construire dans le monde de la politique, un monde beaucoup trop dur pour lui, et il a eu le malheur de s'entourer de gens qui présentaient le même profil.

Pierre Cuny s'éclaircit la gorge.

— Je sais que vous avez eu l'occasion de vous entretenir avec l'ancien maire de Terville. Une personnalité forte, un peu brutale,

[32] L'amblyopie, également appelée « œil paresseux », est une diminution de l'acuité visuelle d'un œil (parfois des deux) due à un mauvais développement visuel pendant l'enfance. Elle résulte souvent d'un strabisme, d'une différence de réfraction entre les deux yeux. Si elle n'est pas traitée tôt, elle est irréversible.

parfois, comme pouvait l'être Jean-Marie. Le conflit entre eux n'a fait qu'empirer. Luxembourger, c'était l'enfant qui devait prendre la succession de M. Demange.

Cette histoire de filiation politique, ce besoin qu'avait Demange de s'entourer d'hommes plus jeunes ne me surprend pas outre mesure : c'est un des comportements caractéristiques d'un TPN[33]. L'estime qu'il a de lui-même dépend du regard des autres, de l'admiration qu'on lui porte. Ses proches collaborateurs sont comme des miroirs dont il ne peut se séparer. Réciproquement, qu'il recherche la présence à ses côtés d'une personne en particulier donne à cette dernière le sentiment qu'elle est importante à ses yeux : si Demange éprouve la nécessité de consulter untel, c'est que son avis importe. Qu'il n'en tienne pas compte est vécu comme violent et méprisant.

Demange sait donner l'illusion d'un attachement affectif profond alors qu'il lui est très difficile d'établir une vraie relation. La peur de se retrouver seul face à lui-même est ce qu'il craint par-dessus tout.

— Dans les huit mois qui ont précédé son acte épouvantable, il m'appelait souvent : « J'ai perdu les élections. En plus, Karine me renie… » Je lui disais « Mais Jean-Marie, tu es député. Ce n'est pas rien. Alors choisi. Tu ne peux pas rester comme ça. Si tu aimes Karine, fais ta vie avec elle et on prendra soin de Christiane… De toute façon, elle ne te supporte pas. À chaque fois, ce sont des conflits entre vous. Il vaut mieux une femme apaisante et une vie sereine que deux êtres torturés, dans un couple. » Il n'a jamais pu franchir le pas. « Jamais je ne divorcerai. » Mais un homme ne peut rester assis comme ça, entre deux chaises. C'est intenable.

Tout en recueillant son témoignage, je réalise que Pierre Cuny me parle probablement depuis son bureau, à la mairie de Thionville, et qu'il est assis exactement là où se tenait Jean-Marie Demange

[33] Trouble de la personnalité narcissique.

voilà un peu plus de seize ans. J'aurai l'occasion de visiter le cabinet du maire lors de mon prochain déplacement en Moselle. Un lieu comparé à Fort Knox[34] par certains journalistes, ce qui n'est pas sans m'intriguer.

Le maire poursuit son récit, la voix enrouée.

— À l'époque, il ne dormait plus de la nuit. Il prenait trois comprimés de Deroxat[35] par jour. Pour trouver le sommeil, il prenait trois Stilnox[36] le soir, de quoi coller n'importe qui au lit pendant quarante-huit heures…

Ses révélations pèsent le poids d'un type totalement à la dérive.

— Parfois, il m'appelait au milieu de la nuit : « Pierre, viens vite ! » C'était pour Christiane. « Il faut la conduire à l'hôpital ! »

En 2006, lorsqu'il fait connaissance de l'épouse de Jean-Marie Demange, Pierre Cuny n'hésite pas longtemps avant de poser « son diagnostic ». Celui-ci rejoint le précédent témoignage de Patrick Luxembourger : Christiane est une personne qui présente un trouble bipolaire.

— Quand j'arrivais à 11 heures du soir pour la prendre en charge et la conduire à l'hôpital parce qu'elle n'allait pas bien, Philippe m'attendait en bas du perron.

Le fils Demange. Un garçon au parcours compliqué souffrant lui aussi d'un trouble chronique. Un doux rêveur, presque un personnage de film, habillé comme un Indien d'Amérique du Nord. Avant de les laisser entrer dans la maison, il proposait aux visiteurs de fumer le calumet, à l'occasion. Un geste important, symbolique et pieux, pratiqué par les Amérindiens.

Un sentiment étrange me traverse… L'impression soudaine d'être plongée dans un épisode de *Twin Peaks* : j'imagine devant moi un jeune homme en pyjama, une coiffe en plumes d'aigles vissée sur la tête, tel le fils borderline de Benjamin Horne, l'homme

[34] Le couvent des Clarisses, après avoir été affecté à un hospice, accueille, depuis 1898, les services municipaux et, plus particulièrement, le cabinet du maire.

[35] Traitement antidépresseur dont l'insomnie est un des effets secondaires.

[36] Un somnifère puissant, prescrit uniquement en cas d'insomnies sévères.

d'affaires local peu recommandable de la série, propriétaire du *Great Northern Hotel*.

— À l'époque, Philippe vivait dans un logement que son père avait fait aménager derrière la maison, au fond de la propriété.

J'apprendrai plus tard qu'à cette époque, Philippe était entouré de chiens de traîneau. Des huskys. Ce fils étonnant, dont j'ignorais jusqu'à l'âge[37] au moment de cet échange, y serait toujours, depuis seize ans.

Le maire de Thionville tousse et s'en excuse. Un rhume de saison. Il lui faut à présent me confier le récit d'une visite que lui a rendue son ami l'après-midi du 11 novembre 2008, quelques jours avant le féminicide. Et ce récit va remettre bien des choses en cause. J'y reviendrai lorsqu'il sera question des événements qui ont fait sombrer le député.

La demi-heure est passée. Je remercie mon interlocuteur pour le temps qu'il m'a accordé. Comme on retient quelqu'un par le bras, il m'abandonne alors ces dernières phrases :

— Pour moi, le suicide de Jean-Marie s'efface devant l'assassinat. Je lui dois ma carrière politique et je lui serai d'une fidélité absolue, mais je n'oublie pas, derrière ça, le meurtre d'une femme et deux orphelins. Ce qui marque la fin de Jean-Marie Demange. S'il s'était seulement suicidé, il aurait eu sa place à Thionville. Mais l'assassinat efface l'homme. J'ai eu dans la vie deux ou trois mentors, dont mon père, et il n'en fera pas partie à cause de ça. C'est inexcusable. On n'emmène pas dans la mort quelqu'un.

Demange. Une tache de sang sur le blason de la Ve République.

S'il n'avait pas perdu la mairie, cet homme aurait-il tué Karine Albert ?

Il y a une péniche abandonnée sur la Moselle, adossée à la rive droite, sous la passerelle de l'Europe. Je l'ai prise en photo dans

[37] Philippe Demange est né en 1972. En 2008, il est donc dans sa trente-sixième année.

la brume du soir lors de mon second séjour à Thionville. Elle m'évoque une promesse de voyage qui jamais plus ne sera tenue, la décrépitude d'un succès passé. Parfois, une faible lumière s'allume à l'intérieur, derrière un rideau déchiré. Quelqu'un – son propriétaire ? – s'y abrite du froid. Amarré là depuis les années 1980, *Le Lotus*, caboteur de trois cents tonnes, fut un temple de la nuit où l'on dansait sous les boules à facettes ; une fleur immaculée émergeant de l'eau verte.

À l'issue de cet échange bouleversant, c'est à cette péniche que je songe, à sa désolante carcasse. Allez savoir pourquoi.

TROISIÈME PARTIE

KARINE ALBERT,
LA TENTATIVE AVORTÉE DE L'AMOUR

Pour lui, la symbolique d'un couple,
de l'amour, c'était plus fort que de mettre
une statue de De Gaulle dans sa ville.

René Drouin,
ami de Jean-Marie Demange

L'union

Muscles bandés. À la limite de la rupture. Le bronze montre deux corps nus emboîtés, façonnés. C'est un étau de muscles. Tendons et nerfs. En équilibre sur une jambe, l'homme porte la femme contre lui. Trophée ou fardeau, il l'enserre, la pénètre. Au moindre relâchement de son étreinte, il emportera dans sa chute celle dont le visage exprime un sentiment d'abandon. Un couple condamné à s'aimer, dans une union brutale, extatique, infinie.

Impossible de ne pas se poser la question du consentement devant cette lutte des corps, de ne pas voir l'inexorable chute de ce couple vers la mort, de détacher cette sculpture de celui qui en a passé commande pour la ville…

Si bien placée au centre d'un square, défendue par une haie d'arbustes, elle me domine de sa chair violente. Je la photographie, fascinée. Rien ne dérange plus les amants. Dans quelques jours, peut-être, au premier vent, les arbres tout autour pleureront sur eux les feuilles souveraines de l'automne.

Au cours de l'été, un mail d'Anne-Sophie Thébert, la formatrice de Yutz ayant porté à ma connaissance le fait divers, m'est parvenu. Elle attirait mon attention sur une sculpture en bronze, *L'Union,* érigée dans le square Jean-Marie-Pelt, à Thionville :

```
L'œuvre aurait été commandée par le maire pour sa maî-
tresse. Apparemment, sa représentation aurait soulevé
des polémiques auprès de son entourage à la mairie, cer-
taines personnes estimant que celle-ci était déplacée.
Visiblement, Jean-Marie Demange tenait à faire ce « cadeau »
à sa maîtresse, témoignant ainsi d'une dimension symbolique
de leur relation.
```

Il me tardait de venir la contempler dans la lumière du jour, vibrante de son éclat et de sa solitude. Sous le voile d'une puissance charnelle se devine l'angoisse d'un secret. *L'Union* est la preuve que ce drame a bien eu lieu. Elle bat au cœur de ce livre.

Curieuse de savoir comment cette œuvre du sculpteur Louis Lutz (premier grand prix de Rome en 1964) est arrivée jusqu'à Thionville, je contacte ce dernier. Quelques jours plus tard, nous échangeons par téléphone.

— À l'occasion d'une visite de l'exposition que me consacrait le Centre culturel Jacques-Brel, Jean-Marie Demange avait remarqué cette sculpture qui à l'origine mesure environ soixante-dix centimètres. Il s'est dit que ce serait bien sur la place où il y avait un socle vide au milieu d'un écrin de verdure. J'ai dit oui.

L'artiste a peu modifié la sculpture d'origine, effectuant manuellement un agrandissement modelé en glaise qu'il a ensuite moulé par empreinte en plâtre.

— Ce projet, c'est quelque chose qui le touchait personnellement, je crois.

Lutz et Demange se sont rencontrés deux fois : à la commande en avril 2004 et le jour de l'inauguration, le 7 juillet 2006. Le sculpteur garde le souvenir d'un personnage nerveux, tendu à l'extrême, sans cesse en mouvement.

— Jean-Marie Demange aimait beaucoup mon travail et la dualité du couple qui est au cœur de mon art, cette volonté, dans mes sculptures, d'une confrontation, en quête permanente de l'absolu et qui tend à se rapprocher de la perfection.

Prenez place sur l'un des bancs du square et entamez un dialogue avec lui si cela vous chante, mais ne doutez jamais du sentiment que Jean-Marie Demange portait à Karine Albert. Ce qu'il est advenu ensuite de cet amour, comment il s'est consumé jusqu'à la folie, c'est à moi de vous le dire, sans le secours d'une empreinte en plâtre.

Ce couple me fascine. Me bouleverse. M'interroge.

La cruauté dont Jean-Marie Demange va faire preuve le jour du meurtre m'est insupportable.

Je tâtonne, cherche le bâillon de la vérité pour le dénouer. Même si cette tragédie en a l'apparence, j'en suis convaincue, nous ne sommes pas devant une banale affaire de féminicide suivie d'un suicide.

Je doute de la forme, de mes capacités à restituer le cheminement de l'écriture, les coups de fil tombés du ciel, ces voix qui s'entremêlent par le jeu de la confidence, je crains leurs révélations, approximations, oublis, affabulations, manipulations, la capacité qu'ont ces hommes et ces femmes de s'ouvrir ainsi à moi me trouble, comme si quelque chose les y autorisait, peut-être le timbre de ma voix ou les bribes de ma propre histoire que je leur abandonne, comme si cela éclairait le chemin, comme si le moment c'était maintenant.

Transcription de mon échange du 26 octobre 2024 avec Betty Dujardin, attachée parlementaire de Jean-Marie Demange sur son dernier mandat de député (juin 2007 – novembre 2008).

— Vous l'avez connu dans la dernière période de sa vie ?

— Tout à fait, mais je l'ai peu côtoyé. Seulement sur quelques mois. C'est Christine L., son ancienne assistante parlementaire, qui l'a bien connu. Elle travaille pour une grosse association nationale aujourd'hui.

— Comment se comportait-il avec vous ?

— Avec moi, il a toujours été très correct. Je n'ai pas le souvenir du moindre souci. J'étais la première étonnée à l'annonce du passage à l'acte. Je n'ai rien vu venir. Il était très gentil avec moi.

— Diriez-vous que c'était un bon député ?

— Le peu que je l'ai connu, oui. Un député qui savait où il allait. Il était affecté d'avoir perdu la mairie de Thionville, et il le répétait.

— Il venait à l'Assemblée ?

— Oui.

— Vous saviez que Karine Albert était sa maîtresse ?

— J'étais fraîche dans l'emploi avec M. Demange, je ne savais pas qu'il entretenait une relation avec une collègue de circonscription... Quand je l'ai appris... Putain, ma collègue !

— Vous la connaissiez ?

— Oui. Elle était assistante parlementaire en circonscription. Un député peut avoir jusqu'à cinq assistants parlementaires. Elle travaillait à Thionville. Elle était encore en poste à l'époque de sa mort. Je l'avais un peu au téléphone, mais c'est tout. Moi, je ne l'ai pas connue plus que ça...

— D'après les photos, elle était très jolie.

— Oui. C'était une jolie femme à ce qu'il paraît. J'ignorais qu'ils avaient une relation. J'ignorais qu'il était en dépression. Je me souviens de quelqu'un de charmant.

Le rouge, vois-tu, c'est la couleur du deuil.
Rouge écarlate pour un amour mort.

Dorothy Parker,
La Vie à deux

Pure

Le geste que l'on n'a pas fait pour la retenir.

La chère innocence vidée de son sang.

Le chagrin qui sans cesse rappelle son sourire.

À 80 ans, Alberte Albert est une mère détruite.

Sa fille Karine, baptisée du prénom de la pureté[38], était l'incarnation de la douceur, de la gentillesse. C'est le troisième enfant tombé du ciel, un cadeau inespéré et que l'on accueille comme tel alors que les aînés ont passé vingt ans. Choyée par sa mère et par Claude, sa sœur aînée étudiante à l'école d'infirmières, la fillette est *un rayon de soleil* qui traverse les pièces de la maison, enchante la famille de ses jeux et de sa voix. Victime d'un grave accident à l'âge de 6 ans, renversée sur le chemin de l'école par un camion, la petite Karine est ce prodige de la vie qui s'accroche et finit par se réveiller après plusieurs jours de coma... Évoquer le passé d'un proche que l'on a perdu, c'est de la pluie ne retenir que sa fraîcheur en été et les gouttes qui scintillent sur la vitre plutôt que la tristesse de son rideau couleur grisaille.

Qui est Karine Albert lorsqu'elle fait la connaissance du député-maire de Thionville ? Une femme qui de la vie a franchi bien des étapes, dont la dernière, une séparation, lui ouvre de nouvelles

[38] Du grec *katharos*, « pur ».

perspectives. Elle s'est épanouie dans la maternité, dans son métier de restauratrice, et l'on remarque sa beauté. Elle a repris seule *La Villa Médicis*, ce restaurant chic avec terrasse dont elle et son mari avaient la gérance. Elle entend réussir seule dans son entreprise même si cette dernière connaît des difficultés. Interviewée par Dominique Campistron pour *L'Est Républicain*[39], son amie Christine Gamberoni la décrit *toujours tirée à quatre épingles*. Karine n'est pas le genre de femme *à se promener en jogging*. Sa mère parle d'elle comme d'une parfaite petite femme d'intérieur dont l'appartement est propre et briqué. C'est une personne très active *et qui fait aussi beaucoup de sport*. L'image dépeinte par le journaliste est un poncif de la féminité bien en rapport avec un milieu socioculturel et une époque où les qualités d'une femme se rapportent moins à l'être qu'au paraître.

Karine est surtout une femme qui tente de se reconstruire dans le célibat. Et elle est mille autres choses que la future maîtresse d'un homme.

Bien que ce terme corresponde à la relation établie avec Jean-Marie Demange, il donne une image dépréciative de Karine Albert. La figure de la maîtresse n'est pas flatteuse, souvent lourde de sous-entendus. C'est la femme tentatrice qui détourne les hommes de l'épouse légitime tout en incarnant une relation érotique et fantasmée. Un stéréotype socialement construit qui matérialise cette limite à ne pas franchir mais que certains maris en quête de transgressions ou d'échappatoires recherchent. On peut y voir une forme de sexisme car cette conception déculpabilise l'homme adultère : envoûté par les charmes d'une telle créature, le voici dans la posture de la victime. Cette *briseuse de ménage* porte, cela va de soi, l'entière responsabilité de toute rupture dans un couple. Cette représentation est le propre d'une vision patriarcale : la femme est forcément coupable. Cette perception des choses est frappante dans un féminicide.

Karine n'est ni séductrice ni tentatrice lorsqu'elle noue une relation avec Jean-Marie Demange. Elle prend les commandes, annonce le plat du jour sans tortiller une mèche de cheveux autour d'un crayon

[39] Article du 21 novembre 2008.

ou faire le moulinet avec un boa en plumes. Elle laisse plutôt au client le temps de réfléchir tout en remarquant que derrière lui, à la table 7, on attend toujours les boissons. Elle a ce charme naturel propre à chacun et chacune : une façon de se tenir, d'articuler mots et pensées. Je l'imagine s'effondrer de fatigue sur une chaise entre deux services, éclater de rire à un bon mot du député-maire qui de sa voix rocailleuse lui demande dans la foulée une bouteille de condrieu.

C'est une femme comme les autres. Une mère de famille sur la voie du divorce, dans les difficultés que l'on peut imaginer à cette période de la vie. Colmater les failles de l'absence du père auprès des enfants, essayer de tenir ensemble cette famille amputée d'une tête qui se compose et se redécompose un week-end sur deux, se reconstruire personnellement en dehors d'une relation de couple, et assumer le double rôle de mère et de cheffe d'entreprise puisque faire tourner son petit restaurant gastronomique est son défi.

Les difficultés financières que Karine Albert rencontre à cette époque sont celles que connaissent la plupart des femmes au moment de la séparation. Rares sont les gais divorcés qui d'emblée laissent à leurs « ex » de quoi se retourner financièrement. Et en général, les « candidats à la reprise » ne dirigent pas de multinationales. Ils sont plutôt bohèmes et vaguement fauchés. Notons que leurs intentions – certainement louables et animées d'un sentiment sincère – ne sont pas non plus celles de reconstruire un foyer à court ou à long terme, ni de simplifier la vie d'une maman seule. Ils la complexifient plutôt, apportant leur lot de problématiques personnelles. J'en sais quelque chose.

La rencontre avec Jean-Marie Demange a lieu en son royaume. Il a 59 ans, elle, 37. Il vient déjeuner occasionnellement à *La Villa Médicis* avec les membres de son équipe. Parmi eux, Didier Waldung, qui fut chef puis directeur de cabinet lors du premier mandat, jusqu'en 2001. Il me confirme une rencontre très forte pour cet homme *qui avait fait une croix sur l'amour, sur toute vie sexuelle*. Avec Karine, c'était *à la fois l'amour et renouer avec une vie d'homme pleine et entière.*

Daniel Payntar, son chef de cabinet jusqu'en 2008, le voit sortir *l'artillerie lourde* avec la restauratrice. Il se demande à quoi joue le maire. *Ça ne marchera jamais !* Et ça a marché. *Là, il est tombé amoureux de ses jambes. C'était une très belle femme. Il était comme le loup de Tex Avery, les yeux lui sortaient de la tête.* Karine a des soucis de rentabilité avec son restaurant. Jean-Marie Demange fait jouer ses relations pour lui obtenir un étalement des dettes. *Et puis un jour, ça s'est déclaré. Ils sortaient ensemble au vu et au su de tout le monde, à Thionville. Ils ne se cachaient pas.*

Le début d'une double vie. Karine emménage dans l'appartement du député-maire, rue de la Vieille-Porte à Thionville. Puis, les choses prenant une tournure sérieuse, il loue pour elle et ses enfants un appartement, rue des Pyramides. Jean-Marie Demange passe la soirée avec eux, puis rentre dormir à Maizières-lès-Metz, où Christiane l'attend.

Paul et Alexandra sont jeunes, 9 et 7 ans. Le compagnon de leur maman les gâte. Il s'applique à leur être agréable, à construire une relation différente de celle qu'il avait avec son propre fils Philippe lorsqu'il avait le même âge, ne sachant pas, à l'époque, s'y prendre autrement qu'avec la rigueur héritée de son père. Cependant, le ton autoritaire de sa voix, sa nervosité impressionnent la fillette. Le week-end, il conduit la petite famille à l'étang de Maizières. Parties de pêche et pique-niques. Il n'est pas rare que la famille de Karine les accompagne – Christian, son frère, apprécie de lancer sa ligne en quête d'un brochet ou d'une belle carpe à cuire au barbecue. Le pur amour est là, celui des après-midi clairs lorsque, à travers le feuillage des arbres que Jean-Marie aime tant, des lueurs caressent les amants enlacés.

Le pas des enfants dans l'escalier lorsqu'ils rentrent de l'école, l'odeur d'un plat cuisiné, la présence de Karine réenchantent l'homme. Leur amour impatient lui donne ce regain d'énergie au travail, le pousse à plus de radicalité. À la mairie, on grince des dents. Certains s'étaient imaginé que le bonhomme serait plus coulant sur les dossiers, qu'il se détendrait au contact de sa douce. C'est tout le contraire. Demange est sûr de lui comme jamais.

Affermi, il est aimé, il décide. À quoi bon faire campagne pour son troisième mandat de maire ? Il sera réélu.

L'amour de Karine prend tout, grandit tout.

Pour Didier Waldung, elle est *un soleil* dans la vie de Demange, une image qui revient souvent lorsque ses proches parlent de sa compagne. À Noël, le maire fait décorer pour elle la place du Général-Patton devant son restaurant. La journaliste Laurence Schmitt se souvient que ça ronchonnait dans le quartier de la Côte-des-Roses[40]. *Les gens n'avaient plus de guirlandes parce que le maire avait fichu ailleurs les illuminations pour faire plaisir à sa maîtresse.*

Qu'ils ronchonnent, il s'en fout. Il a pactisé avec l'amour.

Bientôt, la question de quitter Christiane se pose. Surtout pour Alberte Albert. La maman de Karine aimerait que monsieur le maire fasse les choses bien. Ce n'est pas l'envie qui lui manque, même si l'idée lui brise déjà le cœur. La solution la moins douloureuse est une demande de divorce pour altération définitive du lien conjugal – Christiane et lui font chambre à part depuis des années. Mais que deviendrait Philippe ? Quitter sa femme, c'est une décision lourde de responsabilités, avec la certitude pour Demange d'aller au-devant d'un conflit qui la fragiliserait davantage. Et c'est aussi remettre en question le devenir de leur fils dont il a la tutelle. Le risque est grand de révéler au jour cette part intime de sa vie, l'origine de sa souffrance, ce fardeau si lourd à porter. Les enjeux humains et financiers complexes d'un tel divorce auraient non seulement des répercussions sur Karine et ses enfants, mais aussi sur sa vie politique. On ne divorce pas quand on est député-maire. On s'en arrange.

Mais il veut Karine à ses côtés. Il a besoin d'elle. Avec le restaurant, financièrement, elle ne s'en sort pas. Alors il l'embauche comme attachée parlementaire et, en 2004, elle rend son tablier. Dans cette symbiose, le couple vit ses plus belles années.

---

[40] Quartier populaire du nord-ouest de la ville.

Sarkozy était tout en emportements émotifs et en propos hyperboliques. Avec sa peau mate, ses traits expressifs, vaguement méditerranéens (son père était hongrois, son grand-père maternel juif grec), et de petite taille (il mesurait à peu près 1,66 mètre, mais portait des talonnettes pour se grandir), on aurait dit un personnage sorti d'un tableau de Toulouse-Lautrec.

Barack Obama, *Une terre promise*

Quinze centimètres

Je me souviens de ce jour où Mme Françoise Desnoyer, la professeure principale de ma classe de sixième, fit monter sur l'estrade un garçon complexé par sa taille. Dressé sur ses ergots, il cherchait la bagarre dans la cour de récréation aux plus costauds des élèves, dans le but probable d'attirer l'attention des filles, ce qui n'était pas bien malin de sa part. Il débarquait en classe en saignant du nez, les joues cramoisies de claques. Cela ne pouvait plus durer. En quelques phrases, notre professeure de français fit la démonstration que la taille importait peu en proportion d'un esprit bien fait. Les grands hommes dont l'Histoire retenait le nom avaient d'abord brillé par leur intelligence, et cela quel que soit le domaine dans lequel ils exerçaient, plutôt que par leur hauteur. S'appuyant sur des exemples bien choisis, le prestige de Napoléon Bonaparte et la carrière de Dustin Hoffman (au sommet de sa gloire dans les années 1980), elle expliqua au garçon qui se tenait là qu'il n'avait rien à envier à plus grand que lui :

— À vous de montrer aux autres ce qu'ils ne voient pas de prime abord, car vous êtes un tout : visible et invisible. Une tête bien faite vaut parfois plus qu'une paire de biceps. Votre potentiel sympathie passe d'abord par votre façon de vous tenir et de vous exprimer, et en cela votre éducation et votre culture seront vos atouts. Si en plus vous avez le sens de l'humour et un beau sourire, alors, ce ne sont pas quelques centimètres en plus qui changeront votre vie. D'ailleurs, ne dit-on pas que tout ce qui est petit est mignon ? a-t-elle ajouté, faisant rougir le garçon sur l'estrade.

Les élèves avaient applaudi. Surtout les filles. Quelques jours plus tard, le garçon, qui se faisait plutôt discret, se présenta aux élections des délégués de la classe, qu'il remporta haut la main. Je me souviens qu'à la fin de l'année scolaire, notre professeure s'était agacée de ses postures : le délégué avait tendance à prendre son rôle un peu trop au sérieux, à se croire *au-dessus* des autres, presque l'égal des professeurs.

De la tempérance, même dans l'amour propre.

Tout est une question de taille, à commencer par celle de ses ambitions.

La journaliste Laurence Schmitt mesure un mètre soixante-dix-sept à la toise. Dans les années 2000, elle officie à la rédaction thionvilloise du *Républicain Lorrain.* Son allure telle qu'elle la décrit, *féminine et bourgeoise, ce que je ne suis pas forcément*, associée à un certain caractère, lui donne un ascendant sur ses interlocuteurs. Avec Demange, elle se régale : ce sont d'incessantes joutes verbales auxquelles la journaliste prend un malin plaisir.

— Son plus grand ennemi politique, c'était Patrick Luxembourger, le maire de Terville. Le petit Demange et le petit Luxembourger se faisaient la guerre chacun du haut de sa colline, à se couper des bras, des jambes, comme dans un film des Monty Python[41]. Du pain bénit pour le journal ! On était assez tranquilles, à cette période. On s'amusait follement. On se battait tous pour assister au conseil municipal de Thionville tellement ça tournait au sketch. Demange partait dans tous les sens. Un vrai show !

---

[41] Référence au film *Monty Python : Sacré Graal !*, écrit et réalisé en 1975 par la troupe des Monty Python, une comédie loufoque autour de la légende d'Arthur et qui tourne en ridicule les nobles combats des Chevaliers de la Table ronde.

La relation entre le maire et la journaliste reste professionnelle, presque cordiale. Elle l'épingle, l'écharpe, il grogne, encaisse. Blagueur, il la fait marcher, elle manque de tomber dans le panneau, ils s'en amusent. Un jour, il pousse la confidence jusqu'à lui avouer l'angoisse qui le saisit avant un conseil municipal. Laurence Schmitt lui secoue les puces : « Mais vous êtes le maire, bon sang ! Prenez un peu de hauteur ! »

— Il est face à moi, il lève la tête pour me regarder droit dans les yeux et il me dit : « Ah ! bah vous en avez de bonnes, vous ! Prendre de la hauteur, prendre de la hauteur… Ça vous va bien de me dire ça. »

Dans la salle du conseil, le fauteuil du maire est rehaussé de quinze centimètres afin que Jean-Marie Demange soit au même niveau que les autres. Rares sont les photos où il ne lève pas le menton pour paraître plus grand.

Un homme qui se lance le défi de séduire une femme remporte déjà le pari de l'audace. Comme la plupart de ces messieurs complexés par leur mètre soixante-cinq, Jean-Marie Demange se pare de qualités irrésistibles visant à compenser sa taille.

D'abord, l'élégance. Costumes taillés sur mesure, lunettes en écaille fabriquées spécialement pour lui par un bijoutier de Thionville. Chantal, sa secrétaire personnelle, lui prend ses rendez-vous chez un coiffeur réputé de la ville – l'occasion d'un échange avec ses électrices et certaines de ses anciennes patientes aux bacs à shampoing. Ensuite, un visage agréable et souriant, une masculinité non ostentatoire, un esprit intelligent, conquérant, presque chevaleresque quand il s'agit de dégainer son carnet d'adresses ou sa carte bancaire, et enfin une courtoisie, un sens de l'humour, cet art de surprendre l'autre dans sa façon d'aborder les choses.

S'il n'y avait que la taille.

Sa voix, ce timbre blanc et froissé, fendillé comme le bois qui craque, avec des rugosités de terre sèche que l'on s'épuiserait à labourer, recèle ses blessures. Son élocution est rivetée à coups de marteau pour lui donner forme et consistance, éviter que les syllabes ne se cognent entre elles. Jean-Marie Demange invective plutôt qu'il ne clame. Pas de nuances. Aucun velours. Chaque phrase pousse l'autre. Roulés-boulés, les mots claquent. Il les malmène. Balance sa prose sans ménager le public. C'est une voix d'adjudant-chef après une journée de manœuvres passée dans la gadoue sous une pluie de grêlons.

Il fallait bien qu'il adoucisse son timbre pour inviter Karine Albert à partager avec lui le dessert.

Denis Theisse, son grand camarade et directeur du Centre culturel Jacques-Brel, connaissait ses défauts physiques et sa botte secrète : la sympathie et l'affection que l'on ressentait envers lui dès qu'il baissait la garde. *C'était un complexe d'être petit et mal foutu, et en même temps, le nombre de femmes qui venaient lui faire la cour… Il avait un charme fou. Il était attachant, quoi.* Pour Laurence Schmitt, Jean-Marie Demange n'était pas *un Don Juan*, mais *il avait besoin de charmer, par sa puissance, par ses capacités.*

L'amour qu'une femme peut porter à un homme est une floraison, une fulgurance. Elle est un tout. Un besoin de confort et d'évasion. Le désir de s'y laisser prendre elle-même.

Ce n'est pas une passade. C'est un amour fiévreux qui emporte Jean-Marie Demange pendant presque six ans.

Jusqu'au dérapage.

Extrait de la transcription de l'entretien du 28 octobre 2024 avec Daniel Payntar, collaborateur de Jean-Marie Demange (1997-2008).

— Qu'est-ce qui a pu motiver la séparation du couple en 2008 selon vous ?

— Karine avait envie de prendre du recul. Parce que Demange n'était pas facile à vivre.

— Elle était aussi son assistante parlementaire ?

— Oui, c'est vrai.

— Elle travaillait donc avec lui.

— Oui, mais ça ne s'est jamais su. Elle était déclarée à temps partiel, me semble-t-il. Parfois, elle l'accompagnait à Paris, mais pas forcément dans le cadre de ses fonctions.

— Pour y passer un week-end ?

— Pour aller chez Tangara faire des achats.

— Tangara ?

— Un commerce réservé aux élus. Des fringues de marque à moitié prix, des cravates Hermès à -50 %, des costards… C'est près du canal Saint-Martin [je l'entends fouiller dans ses poches]. Je crois que j'ai encore une carte de membre… À l'époque, quand on allait à Paris, la tradition voulait qu'on mange japonais avant la séance à l'Assemblée. C'était souvent le mercredi, jour des questions au gouvernement. Elles étaient retransmises en direct à la télé. Demange y allait aussi pour cette raison, comme beaucoup de députés… Oui, j'ai une carte de membre.

— Alors, vous aussi vous aviez vos costumes Armani à moitié prix ?

— Non. Je n'avais pas les moyens, même à moitié prix. Tangara, y en avait un à Champerret, un à République et un à Montparnasse. Je faisais souvent le déplacement avec eux parce qu'il n'y avait pas de TGV Thionville-Paris à l'époque. Il fallait bien que quelqu'un conduise.

— C'était vous ?

— Ouais, c'était moi. J'ai tout fait ! J'ai même été chauffeur dans les convois officiels avec des ministres à 180 km/h sur l'autoroute.

— C'était une époque grisante...

— Dangereuse, mais grisante.

— Pour revenir à Karine, elle n'a jamais croisé Mme Demange dans une cérémonie officielle ?

— Christiane ne venait jamais aux pince-fesses de la ville. On la voyait une ou deux fois par an à l'occasion des vœux du maire et pour *Les Étoiles de la gastronomie* (une grande manifestation, qui proposait des dégustations à 1,50 € avec du foie gras...). Un ami de Demange servait de couverture puisque Karine était là aussi. C'était avant que Christiane ne sache vraiment ce qui se passait. Elle l'a su assez vite, quoi qu'il en soit. Comme Demange ne se cachait pas, à Thionville, forcément, les âmes bien intentionnées se sont chargées de le lui dire. Donc, cette personne accompagnait Karine à ces soirées. Si jamais Christiane demandait : « Qui c'est, celle-là ? », il répondait que c'était la copine du gars en question... En fait, pour tout vous dire, c'est avec lui que Karine est partie quelques mois plus tard. Un entrepreneur indépendant. Un grand costaud. Bien plus grand que Demange.

Une rencontre n'est que le commencement d'une séparation.
Proverbe japonais

Sortie de route

Août 2008.

Karine a décidé d'organiser un barbecue à l'étang de Maizières-lès-Metz et d'inviter des amis, quelque chose d'un peu plus chic que d'habitude, *avec de vraies assiettes*, précise Jean-Marie Demange lorsqu'il en parle à son ami Denis Theisse. Depuis qu'il a perdu la mairie de Thionville quatre mois plus tôt, il vient souvent chez son ami, et reste là, recroquevillé sur le canapé. L'air manque à ses poumons, son corps l'encombre de faiblesses. Les aiguilles de la défaite pénètrent toujours sa chair et il en est le seul responsable. Ce qu'il éprouve envers lui-même est une profonde aversion. Comment a-t-il pu s'aveugler au point de croire qu'une réélection se gagnait par l'orgueil ?

Dans un article du *Républicain Lorrain* daté du 20 novembre 2008, l'amie de Karine Albert, Christine Gamberoni, l'assure : Jean-Marie Demange *devient invivable.* Denis s'en inquiète. Karine ne va pas supporter longtemps de vivre aux côtés d'un type aussi déprimé s'il ne change pas d'attitude. *Tu es encore député, Jean-Marie.* Il l'encourage à réagir, à ne pas laisser le poison de la dépression le paralyser.

Chaque semaine, la mère de Karine appelle le député au téléphone, l'exhorte à épouser sa fille, ravive la culpabilité qu'il éprouve envers les deux femmes de sa vie. La réponse est toujours identique : *il ne fera jamais ça à son épouse*, même si les bras de Karine sont le seul refuge où la douleur s'apaise – en dehors du canapé de Denis.

Ce barbecue avec de vraies assiettes, Denis le pressent, est une mauvaise idée. Karine a invité l'entrepreneur, le cavalier désigné par Jean-Marie pour l'accompagner aux cérémonies officielles. Après le repas, alors qu'au bout de sa ligne rien ne bouge dans l'eau trouble de l'étang, le député les voit s'éloigner pour faire un tour. Le vent est doux sur ses jambes nues lorsque Karine s'écarte du chemin.

Elle s'y est prise avec douceur pour annoncer la séparation à son député. Cette même douceur dont elle a usé en vain pour contrecarrer son tempérament, l'aider à supporter l'échec des élections municipales.

Pour Christine Gamberoni, e*lle n'en pouvait plus et c'est peu dire.* Presque six ans à partager un homme avec une autre. Jamais il ne l'aurait épousée. « Je ne ferai jamais ça à Christiane. » Cette litanie, ce cul-de-sac. Il fallait que tout cela prenne fin.

Peu importe la façon, Demange coule avec son propre navire. En mettant la main de Karine dans celle de *ce traître* qu'il prenait pour un ami, il s'est sabordé lui-même.

Alberte Albert s'inquiète pour sa fille. Au fil des semaines, elle comprend que la séparation est compliquée, tendue. Karine souhaite continuer à vivre dans l'appartement, rue des Pyramides. Le bail est au nom de son ex-compagnon, lequel, jusqu'à présent, réglait les loyers. Même chose pour sa voiture – un cadeau du député dont elle est toujours l'attachée parlementaire. Ce travail lui procure son seul revenu. Entre deux dossiers à traiter, des tentatives de transactions s'opèrent, en face à face ou par téléphone. Demange freine sur tout. Il croit pouvoir retarder l'échéance d'une histoire qui a déjà vécu. Karine avoue à sa mère qu'il *l'embête.* Alberte l'encourage à ne pas se laisser faire. *Je lui ai dit d'aller voir la police.* Karine s'y refuse. Elle craint les remous, les ragots qui pourraient *salir* Jean-Marie Demange. Comme la majorité des femmes harcelées par leur conjoint, elle est aussi persuadée qu'une déclaration de main courante n'a aucune chance d'aboutir, surtout si ce dernier est un député, lequel, il y a peu encore, dirigeait la ville.

Au fil des jours, la pression monte. Visites surprises à l'appartement, rue des Pyramides, coups de fil à toute heure du jour et de la nuit. *Elle ne voulait plus l'entendre, alors il a commencé à m'appeler à mon domicile,* raconte encore Alberte Albert. Demange ne peut se résigner à la séparation, il ne supporte pas l'idée d'être coupé de celle qui l'a propulsé vers une rive heureuse de son existence. *Il était comme fou.*

Un article du *Républicain Lorrain* daté du 20 novembre 2008 confirme l'existence d'un nouvel homme auprès de Karine. Un compagnon qui semble bien mieux convenir à sa mère et à ses proches, dont le nom est tenu secret. Tous deux ont prévu d'emménager bientôt ensemble, avec les enfants.

Paul et Alexandra.

Jean-Marie Demange allait les chercher à la sortie de l'école, à l'Institut Notre-Dame de la Providence, à Thionville. Au fil des ans, il avait réussi à créer un lien avec eux, vivait dans l'illusion d'une famille qui aurait pu être aussi la sienne. Bien qu'il soit séparé de leur mère, il ne peut s'empêcher de venir à l'école. Les mains fourrées dans les poches de son imper, à quelques mètres de distance sur le trottoir, il les regarde marcher vers la sortie.

Tout se lézarde.

Mais Jean-Marie Demange s'obstine. Droit dans le mur. Il ne sait pas faire autrement.

La soif de dominer est celle qui s'éteint
la dernière dans le cœur de l'homme.
Nicolas Machiavel

Jamais sans Adam

Dominer. Posséder les femmes.

Depuis le néolithique, les femmes sont au cœur d'un jeu de pouvoir. Avant la sédentarisation, elles chassaient avec les hommes. Plus petites, légères et endurantes, elles rabattaient le gibier vers les guerriers armés de leur lance, prêts au corps à corps. Tout allait bien dans le meilleur des mondes, jusqu'à ce que les cueilleurs-chasseurs décident de dominer la nature et, accessoirement, de perturber à jamais les écosystèmes. Ils se fixent, défrichent, cultivent, élèvent bientôt des animaux qu'ils n'ont plus à chasser. Pour se protéger des peuplades ennemies, ils érigent des remparts autour des villages au centre desquels on place les femmes et leur précieuse matrice à fabriquer des combattants. Elles deviennent alors un enjeu majeur de conquête – privée de ventres à engrosser, la tribu meurt. À la guerrière qui jadis parcourait les bois, on trouve des occupations domestiques. On la nourrit moins – la viande est réservée à ceux qui guerroient. D'égale, la femme devient la moitié d'un homme : cible à abattre ou marchandise précieuse, objet de tractations ou d'échanges. Sa valeur procure à l'homme son statut. Plus la femme est jeune, belle et fertile, plus celui qui la possède en est valorisé. Le mâle emporte la mise : il s'est assuré la domination sur la nature et sur la femme.

La situation a peu évolué depuis des siècles. À croire que ce programme s'est inscrit dans nos gènes.

Mais les mouvements féministes des dernières décennies ont bougé les lignes. #MeToo a permis une prise de conscience de l'impact d'une vaste culture masculine de prérogatives, de prédation sexuelle et de dévaluation d'une vie de femme au regard de celle d'un homme. Filles et garçons ont longtemps été élevés, éduqués par des hommes et des femmes pour qui des actes aujourd'hui choquants et répréhensibles étaient banalisés et relevaient de la normalité.

Subir des attouchements, être embrassée contre mon gré, entendre des remarques obscènes ou supporter des allusions sexuelles toute la journée sur mon lieu de travail, me voir proposer une émission, un contrat d'écriture ou une mission culturelle en échange de faveurs sexuelles sont des situations auxquelles j'ai été confrontée. Les hommes ayant eu avec moi des comportements déplacés n'étaient ni des criminels ni des prédateurs, mais tous étaient imprégnés d'une culture basée sur l'idée que la virilité relève de la capacité à séduire, qu'une haute fonction rend irrésistible, que plus on a de femmes à son *tableau de chasse*, plus on gagne de points aux yeux des autres mâles : une femme attirante doit être prise, le fait de posséder ou d'utiliser sexuellement son corps est naturel.

Je me suis parfois sentie rabaissée, doutant de mon avenir professionnel, dès qu'un refus de ma part d'un dîner en tête-à-tête ou d'une dernière coupe de champagne dans une chambre d'hôtel me fermait une porte. Ces expériences de rejet engendrent d'autres blessures, comme celles corrélées au repli sur soi car il n'est pas aisé de partager ses états d'âme. Me plaindre auprès d'autres femmes du comportement de certains de mes supérieurs ou collègues masculins ne m'apportait que sarcasmes. *Tu devrais être contente qu'il s'intéresse à toi, toutes les autres n'ont pas cette chance*, revenait souvent dans leur bouche. Beaucoup y voyaient une opportunité.

Il est clair que les sites de rencontres censés libérer la sexualité des femmes de ce carcan ont non seulement fait de la libido un produit à consommer au même titre qu'un cône glacé, mais ils ont aussi contribué à sexualiser les images de corps féminins jeunes, programmant de fait leur obsolescence. Pire : ils ont renforcé l'homme dans l'idée que son pouvoir sexuel est fondamentalement relié à son pouvoir social.

Dominer. Posséder à tout prix.

Cette masculinité toxique imprègne Jean-Marie Demange. Il ne conçoit pas sa place en ce monde autrement qu'en tant que mâle dominant. À ce titre, il a de lourdes responsabilités : sa femme, son fils, sa ville, sa maîtresse. Il ne peut faillir à l'une ou à l'autre. Le modèle paternel joue ici un rôle majeur : autorité, rigueur militaire et réussite sont de mise.

La députation relève d'une représentation moins pyramidale. Un élu de circonscription œuvre au sein d'une communauté majoritairement masculine. L'Hémicycle est un vivier dont parfois l'on extrait de futurs ministres ; il convient d'y faire ses preuves. La place de Jean-Marie Demange y est numérotée, il fait partie d'un tout, il est moins en responsabilité.

Je ne pouvais m'offrir la fantaisie d'être derrière, confie-t-il au *Républicain Lorrain* dans un article daté du 30 janvier 2004, dont le titre, *De l'énergie à revendre*, est éloquent. En guise d'introduction, le journaliste martèle : *l'inaction le mine*. Le complexe de sa taille est un motif de surenchère dans la domination. Comme beaucoup d'hommes confrontés à ce problème, il s'impose un rendement au travail et une exigence professionnelle supérieurs aux autres. Le député-maire de Thionville et président de la communauté d'agglomération Portes de France-Thionville *déteste tourner en rond*. Il est à 60 ans passés *un homme pressé*, décidé à *tout emporter sur son passage* et *sûr de lui*.

On ne peut pas faire plus mâle dominant. C'est un lion en cage.

Et Dieu, dans tout ça ?

À l'origine, l'homme a sans doute inventé les religions pour tenter de donner un sens à sa vie et pour se représenter plus concrètement ce que serait sa mort, en dehors d'une enveloppe corporelle que plus rien n'anime ou n'habite. Mais il faut bien admettre qu'à l'usage, elles visent surtout à contraindre les femmes.

Croyant, Jean-Marie Demange l'est, dans une certaine mesure. Jeune homme, il a fait l'expérience d'un bref séjour dans un monastère, en quête de spiritualité. Mais plus que d'une conviction, sa foi relève de l'héritage familial. Il respecte les croyances de ses parents, use de rituels religieux comme lorsqu'il adresse à sa mère défunte une pensée en passant devant un crucifix. Si, du divorce, il craint d'offenser son père plus que l'Église, qui ne reconnaît pas le droit de délier « ceux que Dieu a unis », il est tout imprégné de cette éducation chrétienne où la place de la femme reste encore aujourd'hui un sujet épineux.

Dans la Création, homme et femme sont décrits comme également dignes d'être aimés par Dieu (Genèse 1:27). Mais cela ne signifie pas pour autant qu'ils sont égaux : l'homme est la gloire de Dieu et la femme, celle de l'homme (1 Corinthiens 11:7). Ève n'est-elle pas *tirée* d'une côte d'Adam ? Ce prodige qui pourrait évoquer les fondements de la biogenèse artificielle tend à prouver que la femme n'a pas d'existence propre sans l'homme auquel elle est unie. L'Ancien Testament et certaines lettres de Paul ajoutent à cela une obligation de *soumission* de la femme à son mari (Éphésiens 5:22-33).

À rabâcher des propos d'un autre temps revisités par des générations de phallocrates, on fabrique des fils à valeur ajoutée et des filles fortement dévaluées.

Dominer. Posséder. Encore et toujours.

Nous sommes pétris de croyances, élevés sur des modèles d'éducation antédiluviens et façonnés par nos expériences vécues. La somme de toutes ces injonctions à faire de l'homme l'éternel dominant favorise des comportements idoines. Ce que je ne peux dominer, posséder, et qui résiste, devient cette ombre insupportable qui me condamne au pire.

La compréhension d'un acte criminel passe aussi par ce qui le motive et le légitime dans la tête du tueur. Comprenez que l'origine d'un féminicide remonte bien avant la rencontre de l'homme et de sa future victime.

Comme toutes les femmes ayant péri par la main de celui qui partageait leur vie, Karine Albert n'a en aucune manière, ni par ses mots ni par son attitude, poussé au crime son assassin. Les dés étaient déjà jetés.

Un féminicide ou une tentative de féminicide
a lieu tous les trois jours.

Observatoire des violences faites aux femmes,
« Lettre annuelle », mars 2024

Feux de détresse

Le 17 janvier 2024, dans la Vienne, un couple est retrouvé mort. Probable féminicide suivi d'un suicide. Le 20 février, à Montpellier, un homme abat son ex-femme puis se suicide devant le tribunal. Le 26 mars, près d'Angers, un couple est retrouvé mort à son domicile. Les premières constatations penchent vers un féminicide suivi d'un suicide. Le 23 mai, dans la Sarthe, mis en cause pour harcèlement, un homme tue son ex-conjointe avant de se suicider. Le 28 mai, dans le Lot-et-Garonne, un couple est retrouvé mort. La piste du féminicide suivi d'un suicide est privilégiée. Le 17 août, près de Saint-Étienne, un homme de 84 ans s'est suicidé après avoir tué son épouse malade. Le 18 octobre, à Momy (Pyrénées-Atlantiques), un homme tue sa compagne avant de se suicider. Le 19 octobre, à Trélissac (Dordogne), un habitant âgé de 90 ans est suspecté d'avoir tué sa femme d'un coup de fusil avant de se suicider. Le 30 novembre, à Ris-Orangis (Essonne), un couple de personnes âgées est retrouvé sans vie. La piste d'un féminicide suivi d'un suicide est privilégiée. Le 2 décembre, à Toulouse, un jeune homme s'est donné la mort après avoir tué son ex-compagne.

Chaque année, ces faits divers représentent 30 % des féminicides. Arme blanche, revolver, pendaison, des hommes périssent dans les draps de leur propre drame après avoir assassiné celle sans laquelle ils ne pouvaient imaginer vivre. À la mort de leur compagne, ils ajoutent la leur. Dans ces affaires, l'illusion d'une soudure inaliénable rappelle le lien d'un enfant au ventre de sa mère – la femme est surtout un objet maternel originel.

Les hommes mis en cause sont fragilisés par tout un ensemble de facteurs : éducation religieuse et patriarcale ancestrale, reproduction de schémas familiaux, carences affectives, perception dépréciative de soi, pathologie psychique, pression sociale, financière ou professionnelle... c'est l'assemblage du pire.

Le profil des meurtriers est souvent celui d'une personne dont le couple est fusionnel, exclusif. La partenaire comble un manque affectif ou de confiance en soi, elle apaise, colmate. Lorsque le couple se fissure, la brèche s'ouvre, béante. L'homme vacille, tente par tous les moyens de rétablir l'équilibre. Il suffira d'une circonstance particulière, un élément déclencheur pour qu'il passe à l'acte. Il n'est plus rien sans sa compagne, alors qu'importe qu'il se tue ou qu'il la tue, autour de lui, ce ne sont que ténèbres. Le désir de s'unir à l'autre dans la mort soudain l'emporte sur la raison.

Disputes et séparations non acceptées sont à l'origine de 50 % des féminicides en France[42]. Divorce, jalousie, maladie affectant les fonctions motrices ou cognitives de la victime[43], les mobiles sont divers, parfois multiples. Mais la société semble impuissante à prédire où et quand aura lieu la tragédie. L'entourage des personnes mises en cause est tout aussi aveugle car ces hommes, à de rares exceptions, n'agissent pas sous l'emprise de drogues ou d'alcool, et ne sont pas connus pour des faits de violence. On les décrit plutôt comme agréables et charmants. Ils appartiennent à toutes les catégories socioprofessionnelles, sont majoritairement sans emploi ou fragilisés dans leur carrière (comme peut l'être un maire non réélu après deux mandats), ils ressemblent à nos grands-pères, nos pères, nos oncles, nos frères, nos époux, nos fils, et il y a fort à parier que

[42] Source : ministère de l'Intérieur.

[43] L'isolement et le dénuement face à la vieillesse et à la maladie de la conjointe sont souvent des causes mises en avant dans le cas de féminicides suivis d'un suicide chez les seniors.

tous ont fait part à une personne de leur entourage d'une angoisse de mort.

Pourtant, à ce jour, rien n'est fait pour anticiper leur passage à l'acte, dont les facteurs sont pourtant clairement identifiés.

Ces hommes ne sont plus des hommes mais des feux de détresse.

Depuis des années, comme Jean-Marie Demange, ils clignotent sous les yeux de leurs proches et de leurs collaborateurs, dans la salle d'attente d'un médecin ou devant le comptoir d'un pharmacien – en France, après les antalgiques, les médicaments les plus vendus sont les psycholeptiques (somnifères, antidépresseurs, anxiolytiques).

Punir un crime est une nécessité. Le prévenir est un devoir. Il est de notre responsabilité à tous de casser ce rouage infernal.

À laisser faire la mort, nous n'apprendrons rien de nos vies, nous n'apprendrons rien de ce qui s'est passé le 17 novembre 2008 à Thionville.

Un silence peut être parfois
le plus cruel des mensonges.
Robert Louis Stevenson

Une minute de silence

En ce lundi après-midi du 17 novembre 2008, la seconde partie du projet de loi de finances pour 2009 est au programme de l'Assemblée nationale. À l'ouverture des débats, Danièle Hoffman-Rispal, députée PS de la sixième circonscription de Paris et vice-présidente de séance, prend la parole :

— J'ai la tristesse de vous faire part du décès de notre collègue Jean-Marie Demange, député de la neuvième circonscription de Moselle. Et j'invite l'Assemblée à observer une minute de silence.

L'Hémicycle est clairsemé. Une poignée de députés sont présents, parmi lesquels Christine Lagarde et Éric Woerth. Ils se recueillent, tête baissée.

Cette minute de silence en l'honneur d'un homme qui vient de commettre un féminicide est sidérante. Nulle mention de son crime et de la victime. C'est une faute impardonnable de la part de Danièle Hoffman-Rispal. Pourquoi a-t-elle pris cette décision ?

J'ai agi dans l'immédiateté, explique-t-elle dans un article de *L'Est Républicain* le 10 novembre 2008. *Je savais seulement qu'il s'était suicidé et qu'il y avait une autre personne tuée.* Peu après l'ouverture de la séance, ses services lui auraient fait *passer une note de trois lignes concernant le décès de Jean-Marie Demange*. J'ai interrogé sur ce point Bernadette Malgorn, qui était alors secrétaire générale du ministère de l'Intérieur. Elle n'a pas gardé souvenir de cet « incident ». *Il est d'usage, lorsqu'un député encore en fonction décède, de l'honorer d'une minute de silence*. La présidente de séance (à ce poste depuis environ un mois) aurait appliqué le protocole. *Cependant, les circonstances étaient exceptionnelles,* reconnaît-elle.

Pour l'actuel maire de Thionville, Pierre Cuny, Danièle Hoffman-Rispal n'est pas en cause : la nouvelle concernant le suicide de Jean-Marie Demange a circulé très vite à l'Assemblée, mais ce ne serait qu'une demi-heure après la minute de silence que la présidente de séance aurait été informée du meurtre commis par le député. *Partant de là, il n'y a pas eu de cérémonie*[44]*. Mais c'était une faute de goût absolument épouvantable.* Marie-Jo Zimmermann, à l'époque députée UMP, connaissait Danièle Hoffman-Rispal. *Une femme remarquable. Je crois qu'elle a eu du mal à s'en remettre.* L'ancienne adjointe déléguée aux personnes âgées à la mairie de Paris auprès de Bertrand Delanoë regrettera longtemps cette décision.

En 2014, l'Assemblée nationale lui a rendu hommage en applaudissant sa dernière question d'actualité au ministre de la Défense. Celle-ci portait sur les violences sexuelles et le harcèlement des femmes dans l'armée. Difficile de croire que cette élue ait eu la volonté de passer un féminicide sous silence. Mais aurait-elle agi différemment si on l'avait informée du crime commis par Jean-Marie Demange ? *Je ne sais pas, je ne me suis pas posé la question,* confie-t-elle *à L'Est Républicain.* Sa réponse étonnante montre sa difficulté à faire la part des choses, à mesurer la valeur de son geste.

Le plus intrigant est le contenu même de la communication qui lui a été faite par son équipe : pourquoi ne mentionnait-elle pas clairement le féminicide ? Je doute que l'information n'ait pas circulé dans les couloirs de l'Assemblée nationale avant la séance, en particulier dans les rangs de l'UMP. Dès 13 heures, la chaîne nationale i-Télé interviewait en direct Dominique Paillé, le porte-parole du parti présidentiel, et plusieurs sites de médias nationaux relayaient déjà l'affaire. Durant les deux heures précédant

---

[44] À l'Assemblée nationale, un éloge funèbre est traditionnellement rendu aux parlementaires défunts.

l'ouverture de séance à l'Hémicycle, de nombreuses personnalités politiques avaient fait part à la presse de leurs réactions à chaud : Bernard Accoyer, président UMP de l'Assemblée, Jean-Pierre Masseret, président socialiste du conseil régional, François Grosdidier, député, président de la fédération UMP de Moselle et maire de Woippy, Philippe Leroy, président UMP du conseil général de Moselle, Jean-Marc Todeschini, premier secrétaire de la fédération du PS de Moselle, et Jean-François Copé, président du groupe UMP à l'Assemblée nationale s'étaient dits consternés par le geste de Jean-Marie Demange. Tous évoquaient *un drame incompréhensible qui laisse deux familles brisées*. Ils en connaissaient donc les circonstances bien avant la minute de silence. Pourquoi aucun membre du parti présidentiel, groupe majoritaire à l'Assemblée avec 308 sièges, n'a jugé bon de prévenir la présidente de séance PS Danièle Hoffman-Rispal ? Se peut-il que personne n'ait réalisé la gravité des faits ?

À une époque où le mot « féminicide » peine à trouver sa place dans les discours politiques, cette affaire dans l'affaire n'aura pas le retentissement médiatique qu'elle mérite. Cependant, les réactions affluent. Sur son blog, le magistrat Philippe Bilger s'interroge : les parlementaires ont-ils perçu le caractère *presque provocateur d'une telle initiative ?* Le corporatisme irait-il jusqu'à *faire perdre le sens de la dignité et le souci de la décence ?* Parmi les commentaires, quelqu'un s'étonne encore du silence du président Nicolas Sarkozy, *pourtant si rapide à se saisir des faits divers pour dénoncer l'incapacité de la justice à protéger les Français.* Un autre évoque les *victimes oubliées, cachées, honteuses, niées, bafouées, de violences conjugales,* qui rendent cet hommage *plus que mal venu.* Sur le site sisyphe.org, la poétesse et essayiste Élaine Audet titre :

Une minute de silence de trop !
Plutôt crier que faire silence !

L'outrage de cette minute de silence emporte les mots vers une colère légitime. Rapidement, les collectifs féministes s'insurgent. Une pétition est lancée par l'association nationale Élu/es contre les violences faites aux femmes (ECVF). Elle condamne fermement l'assassinat commis par un député sur sa compagne *qu'il avait auparavant violentée pendant de longues minutes.* Comme la majorité des personnes amenées à réagir sur cette affaire (journalistes, politiques, mouvements féministes ou contributeurs à la page Wikipédia du député Demange), elle se base sur les informations parues dans la presse avant le rapport d'autopsie qui mettra en évidence l'absence de coups. L'association se fait également l'avocate d'une victime dans une affaire pour laquelle aucune justice ne peut être rendue, et récuse *les circonstances atténuantes mises en avant* [par la majorité des médias] *pour expliquer cet assassinat, au motif que le député n'a pas été réélu maire de sa commune aux dernières municipales.* Elle parle du devoir d'exemplarité d'un représentant de la République, et rappelle que les seules victimes à prendre en considération sont la mère et ses enfants, pas le tueur.

Le 21 novembre, une pétition est lancée par le mouvement Encore féministes ![45] :

Contre la violence machiste,
plutôt crier que faire silence !

Le féminicide y est réduit à l'essentiel : *ne supportant pas qu'une femme ait décidé de le quitter, un homme se rend chez elle, la roue de*

[45] Réseau international fondé par l'écrivaine et essayiste Florence Montreynaud, également à l'origine du mouvement des Chiennes de garde, présidé par Marie-Noëlle Bas.

coups, la tue avec une arme à feu et se suicide. Il est accolé à une autre affaire : le meurtre de Marie Trintignant par Bertrand Cantat dans une chambre d'hôtel en 2003. Personne n'a oublié cette tragédie. Sous l'emprise de drogues et d'alcool, le chanteur du groupe Noir Désir a donné à sa compagne des coups d'une violence inouïe, puis l'a laissée agoniser plusieurs heures sur le sol avant de prévenir les secours. Dix-neuf coups portés aux jambes, aux bras, au dos, au ventre et au visage. Un uppercut ou un coup de tête a notamment fracassé le nez de la comédienne, provoquant des lésions mortelles ainsi qu'un déchirement des nerfs optiques.

La projection de ce féminicide épouvantablement violent sur celui commis par Jean-Marie Demange en affecte la vision. L'amalgame est fait : le député est un homme de la pire espèce. Qu'importe la nuance, la notion de crime passionnel doit être bannie définitivement de notre vocabulaire. Les violences faites aux femmes parce qu'elles sont des femmes doivent être reconnues en tant que telles. Il faut parfois grossir le trait pour que le message ait un impact. Que Demange serve la cause est une très bonne chose.

La pétition s'achève sur des propositions précises qui n'ont rien perdu de leur pertinence :

Que tous les 25 novembre[46], Journée internationale de lutte contre les violences faites aux femmes, les assemblées élues de chaque pays observent une minute de silence à la mémoire des femmes tuées par leur conjoint ou ex-conjoint, que la liste de ces femmes soit tenue à jour, que la violence machiste soit considérée comme une grande cause nationale et que les pouvoirs publics prennent des mesures plus efficaces de prévention ainsi que de protection des victimes.

[46] Le 17 décembre 1999, l'Assemblée générale des Nations Unies a proclamé le 25 novembre « Journée internationale pour l'élimination de la violence à l'égard des femmes », en hommage aux sœurs Mirabal, militantes dominicaines brutalement assassinées sur les ordres du dictateur Rafael Trujillo.

Deux députées désapprouvent publiquement cette minute de silence : Aurélie Filippetti, porte-parole du groupe socialiste, et Martine Billard (Les Verts), laquelle se déclare profondément choquée. Dans une lettre adressée au président UMP de l'Assemblée, Bernard Accoyer, elle écrit : *Si je suis viscéralement attachée au respect de la présomption d'innocence, il me semble que, dans de telles circonstances, il aurait été souhaitable que notre assemblée s'abstienne d'un tel acte.* À quelques jours de la journée internationale de lutte contre les violences faites aux femmes, un tel hommage ne peut constituer qu'un message pour le moins malvenu à l'adresse des Français.

Puissent à travers ces lignes les enfants de Karine Albert entendre ces voix d'hommes et de femmes s'élever pour elle. De la minute de silence à l'Assemblée nationale, leur grand-mère, décédée depuis, aura connu l'offense, la douleur, le sentiment que sa fille n'existait pas aux yeux de ce pays et de ses représentants, et que son assassinat s'effaçait derrière la fonction d'un élu parlementaire. Une lettre d'excuse du président de l'Assemblée nationale lui est-elle seulement jamais parvenue ?

Extrait de la transcription de mon échange en date du 21 octobre avec Marie-Jo Zimmermann, conseillère départementale de Moselle, ancienne députée de la troisième circonscription de la Moselle (1998-2017)

— Quand je suis arrivée dans l'Hémicycle en 1998, sur les cent quarante-cinq députés RPR, nous étions six femmes : Roselyne Bachelot (qui a déjà sa personnalité), Michèle Alliot-Marie (qui est la fille de son père), Françoise de Panafieu (qui est la fille de ses parents), Martine Aurillac (qui est la femme du ministre[47]), Nicole Catala (première femme à avoir exercé la fonction de secrétaire d'État), Jacqueline Mathieu-Obadia et moi. Avec Jacqueline, nous étions les seules venues de nos provinces. Les vilains petits canards, quoi.

— Six femmes, si peu ?

— Pour vous resituer l'époque, une femme en politique n'était pas tolérée. Il fallait se faire une place, dans ce monde. On a été des pionnières. Ma chance est d'avoir eu Jean-Louis Debré comme président de groupe. Il m'a bien aidée en me plaçant à la délégation aux droits des femmes. « Allez, Marie-Jo, on va en réunion de groupe, tu vas voir, tu vas tous les épater. » Il nous motivait avec des petits mots gentils. Parce qu'on avait des calibres face à nous, des Patrick Devedjian, des ténors comme Philippe Séguin. Alain Juppé ne savait pas s'il fallait nous dire bonjour ou s'étonner de notre présence. Il y avait Michel Barnier, Édouard Balladur, Jean de Gaulle... C'était la Ve République ! Pasqua était sénateur à l'époque et je l'ai côtoyé aux réunions du RPR... Quand vous arrivez là, toute jeune députée, vous vous interrogez sur la latitude que votre fonction vous donne. Chirac m'a mise ensuite à l'Observatoire de la parité.

— Votre parcours parlementaire à Paris est exceptionnel, pour l'époque.

— Assez, oui... Vous savez, quand un nouveau député arrive dans l'Hémicycle, il est automatiquement assis à côté

[47] Michel Aurillac a été ministre de la Coopération de 1986 à 1988 dans le gouvernement de Jacques Chirac.

du président de groupe. Quand je suis arrivée, on m'a mise en haut, pour bien me faire comprendre que c'était déjà une faveur de m'accepter. Comme dirait Jean-Louis Debré, « Tu nous as tellement nargués ! »

— Comment cela ?

— Je ne suis jamais descendue. Au fur et à mesure de nos réélections, on descend dans l'Hémicycle, normalement. Eh bien, j'ai toujours refusé de bouger afin de montrer à quelle place on m'avait mise… Mais j'ai tout de même fini en 2017 à la place de Jean de Gaulle – il me l'a donnée quand il est parti à la Cour des comptes.

— Et en Moselle ?

— Rien ne m'a jamais été facilité. J'ai eu beaucoup de mal à faire mon trou. Une horreur. C'était terrible. J'ai un parcours en politique que je ne souhaiterais à personne. J'en ai bavé. Je pense que mon investissement particulier sur la place des femmes en politique est directement lié à cela. En 2007 j'ai réussi à faire inscrire dans la loi sur les élections le fait que les scrutins de liste seraient à parité stricte. Parce que jusque-là, les hommes étaient devant, et toutes les femmes derrière, en bout de liste.

— Vous vous sentiez isolée en tant que députée, à Metz ?

— Totalement. Jean-Marie Demange faisait partie des gens qui ont été très durs avec moi. Il ne me facilitait jamais les choses. S'il pouvait être sympathique avec ses collègues hommes, il me faisait clairement comprendre que je n'avais pas le niveau d'un élu. Mais il n'était pas le seul : j'étais tellement habituée que ça ne me touchait même plus.

— Vous étiez plus jeune que ces messieurs, vous étiez une femme, il était anormal que vous soyez-là…

— Oui. Il y a quelque chose de terrible qui se jouait-là, envers nous. Et ce qui s'est passé le 17 novembre à Thionville, ce drame humain, c'est encore la place de la femme que l'on a questionnée, dans cette affaire…

QUATRIÈME PARTIE

LA MAISON DÉVASTÉE

Expliquer un fait, c'est l'unir à un autre.

Jorge Luis Borges, *Fictions*

Ce qui nous atteint

Philippe Demange est plus jeune que moi. Une dizaine d'années nous sépare. Il porte presque le même prénom que mon frère aîné. Jean-Philippe avait 17 ans quand le diagnostic d'une sclérose en plaques est tombé. La maladie dégénérative invalidante ne l'a pas seulement atteint dans ses fonctions neurologiques, elle a frappé tous les membres de ma famille. Le système immunitaire de mon frère se retournait contre ses propres cellules, mon père perdait son emploi et ma mère cherchait soudain en Dieu le miracle que la médecine ne pouvait promettre. Afin de distraire mes pensées de ce séisme, je me suis concentrée sur mes études. Étourdie d'élans romanesques pour tel ou tel garçon. Dans les années 1980, mes premières émissions de radio dans une station locale de Nancy occupaient mes soirées. Parfois, j'apercevais ma mère dans la cuisine, une bible entre les mains, un foulard noué sous le menton.

Les amis de la famille, peu à peu, se sont éloignés.

La maladie fait peur. Et Dieu est un sacré repoussoir. Les tremblements du corps d'un adolescent en voie d'effondrement aussi.

Dire que mon frère était un magnifique garçon avant la maladie me ramène à notre enfance, à sa soif de vivre, à ses quatre cents coups, à sa manière de me chosifier en petite sœur souffre-douleur, stupide et chiante, aux conflits avec notre père, à ces raclées que le jeune tyran recevait de sa part pour mettre un terme à mes cris, à tous ces animaux domestiques que nous adorions caresser (chats, chiens, hamsters, lapins), au journal *Pif Gadget* dont il m'abandonnait les jouets qu'il trouvait nuls, aux albums de hard-rock, ACDC, Led Zeppelin, son groupe préféré avant que ma mère ne le convertisse à des musiques moins « sataniques ».

Avec trois ans de retard, Jean-Philippe passe son bac la même année que moi, puis il perd sa capacité d'écrire, de marcher, de parler, de manger. Le couple de mes parents se défait. Mon père refuse de croire au Saint-Esprit, se déchaîne à retourner la terre du jardin pour y planter des hortensias. Il ne tiendra plus longtemps, à l'image du massif de fleurs. Une opportunité professionnelle l'emporte vers le Sud, où il refait bientôt sa vie. À la maison, Dieu prend ses aises avec celle dont jamais mon père ne divorcera puisqu'elle s'y oppose. *Le Seigneur nous a unis pour le meilleur et pour le pire, Jean-Claude.*

J'ai 17 ans. Quand je ne suis pas à la fac ou dans un studio de radio, je monte sur une scène de théâtre, me glisse dans la peau d'une autre. Grâce à mes premiers salaires, je loue un appartement, rencontre le futur père de ma fille. Je sauve ma vie d'une famille dévastée pour avoir l'opportunité de créer la mienne, pour ne pas sombrer à mon tour, car la folie, peu à peu, s'est immiscée dans le cerveau de ma mère et ne l'a plus jamais quittée.

La tragédie de la rue des Pyramides s'agrippe à moi.

Il y a en Jean-Marie Demange un peu de mon père, en Christiane un peu de ma mère, et en Philippe un peu de mon frère. Mon père n'a jamais tué personne, il ne s'est pas suicidé non plus, il a eu deux magnifiques enfants avec une femme formidable plus jeune que lui, puis un cancer l'a emporté. En laissant malgré lui son fils aîné handicapé aux bons soins d'une mère psychotique, il s'est peut-être condamné à être rongé par la culpabilité. Il a fait le choix inverse de Jean-Marie Demange.

Chaque maison renferme son lot de drames, de secrets. Chaque famille construit son fou. À moins d'un travail sur soi, on porte ce morceau de charbon qui nous est légué de génération en génération. Plaidoyer pour la psychanalyse ? Prenez-le comme vous voudrez, mais il serait temps que l'on se mette à soigner les âmes. Les blessures invisibles s'infectent tout autant qu'une plaie au genou.

Pour lui, sauver un arbre,
c'était vraiment quelque chose.
Laurence Schmitt

Ombre et lumière

Dix jours avant la date anniversaire du féminicide de la rue des Pyramides, je reviens en Moselle y glaner un dernier témoignage, m'imprégner de lieux engourdis par l'oubli. Besoin de voir de mes propres yeux ce qui m'a été jusqu'à présent conté.

Nous sommes jeudi soir, et j'ai réservé une table au restaurant 1, place Général-Patton, anciennement *La Villa Médicis,* rebaptisée *Le Carpe Diem* par les nouveaux gérants. Une clientèle aisée de transfrontaliers trentenaires dîne autour de moi. Décoration sobre et cosy, des murs blancs aux sets de table. Musique d'ambiance un peu décalée ou terriblement raccord avec le livre – *I Will Always Love You* de Whitney Houston.

Un jeune couple tient l'affaire. Elle en salle, lui au bar, elle prend les commandes, ils apportent les plats. J'imagine Karine dans la place. Son beau visage souriant, elle s'avance vers moi. *Vous ne prenez pas d'entrée ? Alors, on part sur les rognons de veau ?*

Pourquoi les rognons ? Pourquoi des abats ? Ils sont délicieux. La sauce est une tuerie.

J'échange avec les restaurateurs. Ils ignoraient tout de l'affaire. *Mais le chef doit être au courant.* Il nous rejoint. Il a connu Karine, lorsqu'il travaillait dans un autre restaurant de la ville fermé depuis, *Le Crève-Cœur*. Karine Albert et Jean-Marie Demange étaient des clients réguliers. *Ils ont déjeuné là le vendredi avant le drame. Je m'en souviens, parce que j'y ai repensé quand la police est venue enquêter. Le repas s'est passé normalement, ils avaient l'air de bien s'entendre, tout allait bien.*

Le Crève-Cœur. Une adresse prémonitoire à trois jours du féminicide.

En repartant, je vois que la ville n'a pas prévu de décorer le square. Le quartier de la Côte-des-Roses a retrouvé ses illuminations depuis longtemps.

Descendue à l'hôtel situé entre la gare de Thionville et la passerelle de l'Europe, je n'ai le lendemain qu'à emprunter cette dernière pour rejoindre le centre-ville. J'aime son élégante légèreté, l'étirement de sa structure. La belle pèse plusieurs millions d'euros et a son paquet de détracteurs. Contre son flanc, la péniche à l'abandon, fleur de lotus fanée sur la Moselle.

Les troncs des arbres enrubannés d'or annoncent les fêtes. Le village de Noël se construit sur la place piétonne, déploie ses petits chalets vides comme des cabines de plage. Une des réalisations conduites par le maire Jean-Marie Demange[48], la Cour des Capucins, se déplume de ses enseignes. Faute de rénovation et de fréquentation, les colonnes qui jalonnent les passages vers les sorties ne soutiennent plus guère d'ambitions. Il en va de même des centres commerciaux de centre-ville concurrencés par les grandes surfaces en périphérie et le commerce en ligne.

À travers un dédale de ruelles engourdies où résonne mon pas d'étrangère, je furète, respire la ville. J'ai rendez-vous à l'hôtel de ville, ce bastion à l'imposante toiture d'ardoise.

Pierre Cuny, absent ce jour, a fait en sorte de satisfaire ma curiosité de romancière. Il s'est arrangé pour me donner accès à son

[48] La grande quincaillerie Breistroff, magasin mythique de la ville dont le plancher craquait délicieusement, appartenait à une famille de commerçants depuis un bon siècle lorsqu'elle a été vendue à des promoteurs peu scrupuleux. Tout sera rasé, mais le projet de centre commercial promis n'aboutira pas. Durant des années, derrière la palissade, bée « le trou des halles » thionvillois, une plaie en plein cœur de ville. Élu maire de Thionville, Demange reprend le projet de centre commercial de 8 700 m^2 avec parking souterrain, Altarea Cogedim investit 30 millions d'euros. Bertrand Mertz finalise le projet. La Cour des Capucins est inaugurée le 24 août 2011.

bureau jadis occupé par Demange et que, j'en ai bien pris note, des journalistes ont comparé à Fort Knox.

C'est un ancien couvent aux murs massifs où je pénètre. On y faisait l'éducation des jeunes filles jusqu'à la Révolution.

— Par ici, je vous prie.

Une secrétaire me précède dans l'escalier étroit qui conduit vers le cabinet du maire. Pas de portes anti-explosion ni de clôtures électrifiées. Un dégagement sur le palier donne accès à une large pièce, rectangulaire et lumineuse. Sous les fenêtres, un bureau aux lignes modernes me fait face. À ma gauche, un canapé en cuir, à ma droite, une cheminée Empire en marbre noir à pattes de lion. Comme rattachées par une ficelle invisible, deux pièces adjacentes communiquent directement avec le QG du maire – les bureaux de ses proches collaborateurs. Dieu n'est jamais loin entre ces murs. L'étroitesse des portes qui s'ouvrent comme des amandes pousse à la confession. La faible hauteur sous plafond, l'épaisseur des murs et l'absence de tout bruit extérieur donnent de la pièce une étrange perception : elle est à la fois oppressante et feutrée. J'imagine Jean-Marie Demange debout, face aux fenêtres donnant sur la Moselle, contemplant les arbres centenaires penchés sur le fleuve. Son chef de cabinet, Daniel Payntar, devait se trouver dans l'un des bureaux contigus lorsque le maire lui demandait tout de go de l'accompagner à son étang d'Olgy ou de Maizières. *C'était sa soupape, l'étang. C'était un dingue des arbres, aussi. D'ailleurs, il avait dit : « À Thionville, je veux que quel que soit l'endroit où l'on est, on voit au moins un arbre. »*

Je crois entendre derrière moi la voix de Laurence Schmitt, la journaliste du *Républicain Lorrain* qui le dépassait de dix bons centimètres, comme si à cet instant, elle était assise jambes croisées dans le canapé, tapotant un stylo contre son carnet.

— Cette végétalisation, Sophie, c'est ce que je retiens de lui. Il a fait planter plein d'arbres en cœur de ville, pas contre le réchauffement climatique, mais parce qu'il aimait ça. Ça avait créé pas mal de polémiques à l'époque, à la fin des années 1990. Quand on vient de l'autoroute, lorsqu'on arrive sur le pont des Alliés, on a la mairie en face et, à gauche comme à droite, il y a un magnifique magnolia. Ce n'est pas pratique, c'est trop étroit, ça bouchonne tout le temps. Le directeur technique de Demange, Roger Schreiber, voulait abattre celui de droite pour élargir sur une trois-voies. Mais Demange a dit *niet*. Ça a été une grande engueulade. Et le maire a gagné. Schreiber était fou de rage. Tout le monde a toujours dit qu'il avait bien fait de sauver cet arbre. In fine, Schreiber aussi… Pour Demange, sauver un arbre, c'était vraiment quelque chose.

— Il était proche de la nature ?

— C'était son truc. Il se ressourçait comme ça… C'était quelqu'un d'attachant, vous savez… Insupportable à vivre. Tous ses collaborateurs, il les a usés. Mais il avait ce côté bon vivant, il donnait l'impression de vouloir jouir de la vie, de l'apprécier…

Débarquant de la pièce voisine, Didier Waldung, l'ancien directeur de cabinet de Jean-Marie Demange, vient s'accouder à la cheminée et me sourit.

— Vous savez qu'il adorait la pêche ? Un des paradoxes du personnage : c'était quelqu'un d'électrique, *speed* comme on dit, mais il était capable de passer des après-midi entiers avec les lignes dans l'eau à attendre patiemment que ça morde, totalement apaisé… Quand je vous dis qu'il y avait deux personnes en lui.

L'image s'évapore. Le canapé est vide.

Devant moi, le pont des Alliés, au loin, la route qui mène vers Metz, Luxembourg, Paris et là, tout en bas, déployant leurs branches en éventail, les magnolias.

Je ne m'attarde pas.

— Merci pour la visite.

Avant de rejoindre la passerelle, je passe une tête à la librairie Tome 5, adresse un salut aux gardiennes des livres. Sous le velours des nuages, une pluie fine menace le jour.

Clapotis de l'eau sur le pare-brise. Je programme le GPS et quitte le parking situé devant l'hôtel. Derrière moi, garée près d'un bosquet, je remarque une voiture particulièrement sale dont les vitres sont couvertes de buée. Un type tourne autour, patiente pour un peu d'amour.

Les villes, comme les hommes, ont leur part de lumière et d'ombre.

La drogue est le nomadisme de l'exclu.

Jacques Attali,
Lignes d'horizon

Partir à la dérive

La maladie mentale est une vague qui va et qui vient, roule et se retire sans jamais renoncer. Pour ne pas céder sous ses assauts, il faut être d'acier ou de plomb, armé de résilience. Celles et ceux qui ont été comme moi confrontés à un proche vivant avec un trouble psychotique savent combien les conséquences sont douloureuses, combien elles affectent notre vie au quotidien, font de nous des êtres hypersensibles modérément cyniques, des écorchés vifs adeptes de l'humour noir tant il est vital de se protéger pour ne pas être avalé à son tour.

Selon l'Organisation mondiale de la santé, la schizophrénie touche environ vingt-quatre millions de personnes, soit une sur trois cents dans le monde. Elle se caractérise par des troubles importants de la perception de la réalité (hallucinations, délire persistant) et par des altérations du comportement allant jusqu'à la désocialisation. Pour l'Inserm, l'origine de la maladie est plurifactorielle : son développement résulterait d'une interaction entre gènes et facteurs environnementaux et psychosociaux. Les effets hallucinogènes de certaines drogues peuvent déclencher l'apparition d'un premier épisode psychotique chez une personne prédisposée à cette pathologie, laquelle se déclare généralement à la fin de l'adolescence. La consommation régulière de cannabis avant 18 ans est associée à un risque élevé de schizophrénie.

Derrière le voluptueux vertige, la graine du poison.

Quatre transcriptions dans mon dossier.

Quatre témoignages, imbriqués les uns aux autres, dont se dégage la chronologie d'une dérive inexorable.

Quatre témoignages d'hommes ayant connu Philippe Demange. Ils m'ont confié son difficile parcours. Ce que je sais de lui apporte un éclairage sur son père et sa mère. Philippe, c'est le combat caché qui dévaste le couple.

Dans les années 1980, Denis Theisse, directeur du Centre culturel Jacques-Brel à Thionville, fait la connaissance du docteur Jean-Marie Demange. À l'époque, ce dernier est angiologue et simple conseiller général. Il reçoit ses patientes au sein d'un cabinet qu'il partage avec son frère Gérard, également angiologue. *Il était apprécié de tout le monde.* Le médecin est venu accompagné de son épouse pour parler de son fils Philippe, 14 ans. *Ce n'était pas la seule famille qui m'approchait parce que leur enfant abusait de certaines substances, en vérité. Mon nom circulait, entre parents. J'avais le réseau d'éducateurs et de toubibs pour pouvoir les aider.*

Certains jeunes sont plus enclins que d'autres à aller vers des pratiques à risque. Habités par une sorte de pensée magique propre à l'enfance, ils se croient à l'abri des conséquences qu'elles pourraient avoir sur eux. Le défi d'un risque ou la transgression des règles est perçu comme un moyen de se libérer, de contester, de se singulariser ou de s'affirmer aux yeux des autres. Mon frère était ainsi, à 14 ans. Il aura essayé à peu près tout ce qui pouvait le mettre en danger, comme dévaler une rue à pic assis sur une planche à roulettes, mettre le feu à la poubelle de la cuisine, sniffer de la colle UHU, siffler en douce une demi-bouteille de rhum coco piquée dans le bar du salon ou fumer des tiges de clématite dans une cabane construite entre deux arbres avant que le plancher ne s'effondre sous lui. Il m'associait parfois à ses folies sans réaliser à quel danger il exposait sa petite sœur.

Il était le roi des défis impossibles. Le plus grand étant celui de vaincre la sclérose en plaques.

Le parcours de Philippe Demange ne diffère pas de celui de tous ces jeunes happés par la spirale destructrice des addictions, grugés par la drogue : il est jalonné de périodes de sevrage et de rechute.

C'est un fils unique comblé par une enfance dorée et l'argent paternel. Gâté et couvé par sa maman, c'est un élève difficile qui ne donne guère de satisfaction à son père. Comme pas mal de jeunes de son âge et de sa génération, Philippe a accès à différentes substances qui circulent dans le département. Demange, médecin, tente de le faire décrocher. Au début des années 1990, dépassé par la situation, il flanque son fils à la porte. *Je ne veux plus te voir ! Fous-moi le camp !* Philippe, à peine majeur, se réfugie chez son grand-père qui habite juste à côté. Maurice Demange le fait alors embaucher aux services techniques de la mairie de Maizières-lès-Metz comme ouvrier. Il se stabilise un certain temps, avant de replonger. Lorsqu'il se présente à l'atelier dans l'incapacité de travailler, les employés communaux prennent sur eux de lui venir en aide, et le cachent dans une pièce à l'abri des regards, au cas où son grand-père le chercherait, lui faisant croire alors que Philippe est dehors, sur un chantier.

En 1991, Daniel Payntar, futur collaborateur et chef de cabinet de Jean-Marie Demange (1997-2008), travaille à la sous-préfecture de Thionville. Il est chargé de mission sur la reconversion industrielle du bassin sidérurgique auprès de Bernadette Malgorn, alors préfète de région. Lorsque Gérard Legrand, secrétaire général de sous-préfecture, lui demande un *service personnel*, c'est à l'ancien travailleur social (le premier métier de Daniel Payntar) qu'il s'adresse : *Le député a des problèmes avec son fils. Est-ce que vous pourriez le recevoir ?* Il accepte. Philippe a 19 ans. *Jean-Marie Demange m'amène son fils en sous-préfecture et il me dit : « Voilà, c'est lui. » J'avais un peu d'expérience avec les jeunes en difficulté. J'ai commencé par lui trouver un stage. Il voulait être conducteur d'engins.* Sous la tutelle de son père, Philippe n'a aucune expérience professionnelle en dehors de son passage aux services techniques de Maizières-lès-Metz. La réadaptation psychosociale comme l'acquisition de compétences pratiques est une bonne thérapeutique. L'idée du stage porte ses fruits. *Philippe s'est calmé. Il était sous Subutex, et il a décroché.*

Didier Waldung, chef puis directeur de cabinet de Jean-Marie Demange (1995-2001), parle d'un contexte familial lourd, à cette période. Catastrophique pour le maire de Thionville. Jean-Marie Demange tente encore de venir en aide à son fils et le rémunère sur ses crédits parlementaires comme collaborateur. *Philippe ne faisait pas grand-chose, à vrai dire. On était à la limite de l'emploi fictif. Maintenant, ce ne serait plus possible, mais il essayait de l'intégrer socialement et professionnellement de cette façon-là, en lui confiant des tâches.*

Emploi buissonnier pour jeune homme sous Subutex. Demange pioche dans son enveloppe budgétaire de député. Flagrant délit d'affection d'un père pour son fils.

Oui, il a toujours essayé de protéger sa femme qui était malade et, oui, il n'a jamais renié Philippe.

Assumer, autant qu'il le peut.

Jean-Marie Demange avait probablement ses raisons… Je crois qu'il se sentait coupable de la situation. On a très peu parlé ouvertement de tout cela, mais j'en suis convaincu.

Le témoignage de Denis Theisse est particulièrement précis concernant les liens familiaux. *Le premier sujet avec moi, c'était son fils. On en a beaucoup parlé.* Jean-Marie Demange était conscient de son échec vis-à-vis de son éducation : le fait d'avoir choisi une carrière politique qui l'accaparait sept jours sur sept n'était pas sans rapport avec le lâcher-prise de Philippe.

Selon mes sources, le fils n'aurait jamais quitté la propriété de ses parents dont on me décrit le jardin comme un terrain immense, avec de grands arbres que Jean-Marie Demange admirait pour leur hauteur souveraine. Philippe vivrait toujours là, tel un ermite, laissant la nature conquérir l'espace, ce qui oblige les voisins à couper tout ce qui déborde chez eux.

Je renseigne l'adresse sur Google Maps et découvre le terrain qui s'étale à l'arrière de la maison. Un point de verdure en plein cœur de ville. Entre le feuillage flou des arbres, on distingue quelques taches bleues correspondant à ce qui devait être la piscine, et un rectangle gris – le terrain de tennis ? Les maisons jumelées sont faciles à repérer : leurs toitures n'ont pas le même aspect, l'une étant mieux entretenue que l'autre. Au fond de la propriété se trouve un bâtiment longiligne dont le toit semble en bon état – là où habite Philippe ?

Daniel Payntar l'a toujours connu vivant au fond du jardin, vêtu comme un Indien d'Amérique, au milieu de ses chiens. *Une dizaine de huskys. Il avait une passion pour la culture amérindienne. Chez lui, ça puait le clébard.* Des box étaient réservés aux animaux. En 2008, il existait encore un traîneau sur roulettes que tractaient les chiens. Philippe prenait la voiture et partait à la campagne. *Il avait tous les équipements pour atteler les huskys au traîneau, il était autonome.* Daniel Payntar évoque *un illuminé* qui vivrait enfermé dans ses croyances, un type non violent et inoffensif, jadis très attaché à sa mère. *J'ai eu quelques infos récemment comme quoi Philippe passait beaucoup de temps en forêt à bord d'un camping-car. Mais je ne sais pas ce qu'il est devenu, je n'ai plus de nouvelles.*

Personne ne semble l'avoir vu récemment.

Lorsque son père décède en novembre 2008, Philippe a 35 ans. Pour des questions de gestion du patrimoine, c'est son oncle Camille qui reprend sa tutelle. Christiane Demange n'a pas la capacité d'assurer cette responsabilité. Six mois plus tard, s'inquiétant de ne pas voir sa mère sortir de chez elle, Philippe pousse la porte d'une maison où il ne met jamais les pieds. Elle est là, étendue sans vie, en bas de l'escalier.

Cette demeure dont son père l'avait un jour chassé sous le coup de la colère restera pour lui un sanctuaire, un lieu dont on ne ressort pas vivant. Il n'y a pas sa place. Reclus en son domaine où la nature est reine, il a vieilli et commande désormais au doux chaos de son existence, son abandon.

Si toutefois il est toujours en vie.

Quoi qu'il arrive, même si le régime social est formidable, en Ukraine on se gèlera les couilles, et en Floride y fera beau.

Coluche

La diagonale du mort

Bertrange, Élange, Guénange, Guentrange, Illange, Kédange, Metzange, Œutrange, Rurange, Stuckange, Luttange… Thionville, baie des Anges. Les routes filent droit, traversent des villes-dortoirs où des maisons carrées dressent leurs toitures à quatre pentes. Camaïeux de crépis gris, enflammés de bleu et d'ocre, ralentisseurs chagrins. Des zones pavillonnaires s'étirent de part et d'autre des villages. À un stop, une ferme rénovée montre fièrement ses fenêtres encore fleuries. Les essuie-glaces grincent un peu. La bruine s'épuise enfin lorsque j'atteins une route de campagne. Là-bas, en plein champ, un cheval au galop fend la terre de sa robe bai cerise. Des câbles à haute tension fléchissent le ciel, creusent l'horizon. Je baisse la vitre. Envie de respirer le parfum des labours. À l'entrée d'un village, je reconnais la forme d'une aubette des années 1960, un vieil abribus en dur de mon enfance. Un film se tourne ici façon Raymond Depardon.

Le village est là, sur une colline, la rue un peu plus haut, sur ma droite. J'ai vérifié le nom sur la boîte aux lettres, hésité avant de pousser le portillon. Je dois m'encourager. Écrire est une chose. Vivre la vie d'une romancière en quête de vérité en est une autre. Mais ce serait ridicule de repartir sans essayer de rencontrer Camille Demange, le frère aîné de Jean-Marie. D'autant que j'ai vu bouger à l'intérieur, derrière la fenêtre.

Je sonne. Il est 16 h 30.

La femme qui m'ouvre doit avoir 70 ans et porte un magnifique pull léopard. Elle me sourit dans la pénombre du couloir d'entrée.

Je lui explique la raison de ma présence, ma quête d'informations pour reconstruire le passé de Jean-Marie Demange. Une voix d'homme l'interroge depuis le salon.

— Qui est-ce ?

— C'est la journaliste dont on nous a parlé.

Journaliste. Le mot qui freine. On n'aime pas les journalistes, par ici. L'épouse se tourne vers son mari que je ne peux voir depuis le perron. Elle secoue la tête.

— Non, ça ne l'intéresse pas de vous parler.

Que l'on m'ait répondu sans me claquer la porte au nez est déjà quelque chose. La famille a fait vœu de silence. Après ce qu'elle a vécu, c'est bien compréhensible. Et je sais la santé de Camille Demange mauvaise. Le moment est mal choisi. Je tire de mon sac à main l'enveloppe que j'ai préparée au cas où personne ne me répondrait.

— Une lettre pour lui. Il y a mes coordonnées, si jamais votre mari changeait d'avis.

Je repars discrètement dans le gris du soir, remonte le col de mon manteau. Voilà quelques jours, au téléphone, Daniel Payntar me disait que selon lui, *mais sans aucune certitude,* Camille habiterait en Floride, à Miami. Il aurait fait là-bas de belles affaires. Mes recherches m'ont conduite vers une vérité plus banale dans un climat moins tropical.

Il ne m'a pas été possible non plus de rencontrer Gérard, le frère cadet de la fratrie Demange. Je n'ai pas persisté dans mes démarches, considérant qu'un message laissé sur un répondeur est suffisamment intrusif. S'il s'agissait de moi, et qu'une romancière vienne frapper à ma porte pour me poser des questions sur une affaire criminelle impliquant un de mes proches, pas sûr que je l'invite d'emblée à boire le café dans un mazagran.

Marie-Thérèse Viguier, journaliste au *Républicain Lorrain,* s'est entretenue avec Gérard Demange il y a quelques années. Elle gardé de lui le souvenir d'un homme encore très atteint par le féminicide commis par son frère et son suicide. Un sujet qu'il se refusait à commenter.

Il aura gardé souvenir des belles années, à l'époque où les deux docteurs Demange recevaient leurs patients au cabinet d'angiologie, rue de Paris à Thionville. C'était avant que la folle ambition du frangin ne l'emporte ailleurs. Je l'imagine, entre deux rendez-vous, entourer les épaules de Gérard et lui lancer, sûr de lui : *J'ai trente mille paires de jambes dans mon fichier, je ne peux que gagner la mairie. C'est mon électorat !*

Cette phrase, rapportée par Daniel Payntar, me fait toujours sourire.

La route est sinueuse. Des feuilles mortes volettent derrière le camion qui me précède. Des pylônes immenses se dressent dans la brume. Je songe à ce que serait ce paysage en été, baigné de lueurs légères. La bruine agace le pare-brise. Couinement des essuie-glaces. Les balais sont endommagés. Ou mal posés. Mon mari refuse de les changer. *Ils sont neufs !* Et alors ? Le bruit est insupportable. Des mois que ça dure. Les joyeux tracas d'une vie simple. Je rejoins l'autoroute en direction de Maizières-lès-Metz.

Grand-Rue, la maison m'attend, accolée à sa jumelle. Deux maisons bourgeoises. L'une dépérit, l'autre regarde ailleurs, fait comme si de rien n'était. Loin de ses fenêtres, la laideur, les stigmates de l'abandon, le délabrement de sa voisine.

Je m'approche du portail auquel s'agrippe une végétation sauvage, vole quelques photos. Ce lieu dégage un sentiment de capitulation. La façade est décrépite, la toiture en piteux état. Probable fuite d'eau sous la gouttière. Poussière sur les vitres. Je me demande à quoi ressemble l'intérieur de l'habitation désertée depuis tant d'années… Un portillon en bois dissimule l'arrière de la maison. Pas d'interphone. Pas de boîte aux lettres où déposer le courrier que j'ai préparé pour Philippe. Je tente ma chance et sonne chez les voisins. Personne. Où sont les gens ?

Quelqu'un m'a dit qu'une parcelle au fond du terrain a été revendue pour la construction d'un pavillon. Il donne sur une autre rue, à l'arrière de la propriété. Je reprends le volant, contourne le pâté de maisons, tourne deux fois à gauche et viens garer ma voiture le long du trottoir, rue Pasteur. L'habitation qui empiète sur le terrain est facilement repérable avec sa pelouse artificielle. Le portail est ouvert. Après quelques hésitations, je me risque à entrer. Je sonne, frappe à la porte, la maison est vide. Un chat, assis sur la pelouse, interrompt sa toilette pour m'observer. J'essaie d'apercevoir quelque chose à travers l'épaisse végétation qui déborde du mur d'enceinte, distingue la façade d'une bâtisse désaffectée. Sous les ronces, j'aperçois le toit de ce qui pourrait être une caravane ou un camping-car, couvert de feuilles mortes. Je retourne à ma voiture, écris quelques mots sur une feuille et la glisse dans la boîte aux lettres comme on jette une bouteille à la mer.

> Bonjour,
>
> Je cherche des informations sur le propriétaire de la maison dont le terrain jouxte le vôtre. Auriez-vous la gentillesse de m'appeler si toutefois vous aviez des éléments à me communiquer ? Je crois savoir que le dernier occupant avait des chiens. Merci d'avance pour votre aide, et pardon pour le dérangement.

Avant de reprendre la route, je tente ma chance à la maison voisine. Un type m'ouvre dès la première sonnerie. L'échange est bref. Oui, la propriété derrière chez lui est toujours habitée, et la description qu'il me fait de la personne avec laquelle il a de rares échanges correspond à celle de Philippe. Je soupire, relâche la tension dans mes épaules. Il est en vie. Surpris que je m'intéresse de si près à son voisin, mon interlocuteur me dévisage.

— Qui me dit que vous n'êtes pas de la police ou des impôts ?

Il décide d'écourter la conversation et s'empresse de refermer la porte. Je ne peux m'empêcher de sourire en reprenant le volant.

Journaliste, capitaine de police, contrôleuse du fisc, je n'ai pas la tête d'une écrivaine.

Sa maison.
Son étang.
Son bureau, à l'hôtel de ville.
L'appartement, rue des Pyramides.
Le restaurant de Karine.
Thionville, Maizières-lès-Metz. Une diagonale sur une carte.
Jean-Marie Demange habitait si peu de lieux, en somme.
Il me reste une visite à faire avant la nuit.

Le GPS m'expédie d'abord au mauvais endroit. Des travaux de voirie ont induit en erreur l'application de navigation. J'entre l'adresse une seconde fois. Un quart d'heure plus tard, je tourne en rond au milieu d'immeubles et de petits pavillons. L'application mouline, je navigue à vue, me repérant à la route de Metz que je devine sur ma droite. Le quartier ressemble à ce que j'ai pu entrevoir la veille sur Google Maps en zoomant sur mon écran d'ordinateur. Je finis par repérer un portail grand ouvert sur ma gauche et, derrière, l'alignement de monuments funéraires.

Des centaines de pierres tombales. Il va bientôt faire nuit et le cimetière ferme dans quinze minutes. J'ignore où est la tombe de Jean-Marie Demange.

Lorsque j'ai cherché des informations sur sa mère, Marie-Louise Hemmer, je me suis heurtée à un mur. La seule piste qui s'est ouverte à moi sur le Net était l'image d'une stèle en granit rose, répertoriée sur une base contributive dédiée à la généalogie et qui regroupe des clichés de sépultures, plaques et monuments. À côté de celle de Marie-Louise se trouvait la sépulture de son fils. En arrière-plan, sur la photo, je me souviens d'un muret sinistre. Probablement le mur d'enceinte du cimetière. Mais dans quelle direction aller ? Celle des opinions politiques du député me semble s'imposer. À droite. Le gravier piège mes talons. Ils s'y enfoncent comme des aiguilles. Dans les allées, un tapis brumeux – la respiration des morts invisibles. Aucune autre présence que la mienne aux alentours. Je passe quelques monuments richement pourvus de gravures, photographies et plaques funéraires chargées de regrets.

La pierre tombale de Christiane et Jean-Marie Demange soudain se dévoile devant moi, à quelques mètres du mur, propre et fleurie. Une plaque en forme de cœur, sertie de deux roses sur une même tige, attire mon regard : elle porte l'inscription *À mes chers parents, je ne vous oublierai jamais*. Un hommage de Philippe.

Quand Jean-Marie Demange parlait de la mort avec Denis Theisse, il lui disait ne pas croire à la résurrection des trépassés ni à la damnation des suicidés. *Il était croyant mais avant tout médecin avec des connaissances scientifiques.* J'effleure la stèle de granit rose. Les mots prononcés par Maurice Demange le jour de la crémation, rapportés par Pierre Cuny lors de notre entretien téléphonique, me reviennent en mémoire : *Que Dieu lui pardonne ce geste, s'il le peut.* Le maire de Thionville avait ajouté : *Je pense qu'il voulait dire par là que lui en était incapable.*

Le 24 novembre 2011, Maurice Demange a rejoint son fils. Granit contre granit, toute l'histoire se concentre ici, dans le froid qui vient avec la nuit. Un rameau invisible dans la main, j'adresse à cette famille des paroles silencieuses.

En revenant vers la voiture, je pense à mon frère, inhumé au cimetière de la ville de Hyères, à l'autre bout de la France. Depuis une dizaine d'années, je remets à plus tard la visite que je compte lui faire.

Peu importe le lieu, la pierre tombale, mon frère flotte en moi, il ne me quitte pas.

Dans mon dos, l'écho de la circulation sur une route à deux voies remplit le vide de ce cimetière où personne n'a songé à planter un arbre.

Extrait de la transcription de l'entretien du 26 octobre 2024 avec Denis Theisse, ami de Jean-Marie Demange.

— Philippe a une collection d'art indien, inuit, aussi belle que celle de certains musées au Québec. C'est impressionnant parce que c'est un monde dont il ne peut échapper et qu'on ne peut pas comprendre... Quand son père est mort, on a eu du mal à le convaincre de l'enterrer. Il conservait l'urne dans son appartement. Un jour, il m'a appelé : il voulait que je l'emmène à Metz acheter des pièces d'or frappées d'une tête d'Indien. Il voulait aussi aller chercher à la pharmacie des médicaments dont il avait besoin. Alors je me suis rendu chez lui, il m'a servi un jus de fruits. Sur la table, devant moi, il y avait l'urne contenant les cendres de son papa [Sa voix se trouble]. Philippe a fait de la fumée avec un calumet, et il m'a expliqué qu'il faisait monter l'esprit de son père avec la fumée... [Un silence] Après il m'a demandé de lui trouver un avocat parce qu'il avait pas mal de soucis juridiques pour compenser le fonds de solidarité des enfants de Karine.

— Il fallait bien donner quelque chose aux enfants qui venaient de perdre leur mère, non ?

— Oui, les enfants, c'est normal. Cela étant, vous savez, tout d'un coup, vous avez des neveux, des nièces, des cousins qui se disent choqués aussi et qui réclament de l'argent à la famille de Jean-Marie Demange, donc à son fils. Il fallait bien que Philippe soit défendu. Je lui ai conseillé une avocate... Il a vendu les biens qu'il fallait et puis il a payé. Mais si on devait parler de tout ce qu'on voit après, de sordide, dans cette triste histoire...

Huit crimes passionnels sur dix sont commis
par des hommes, ce qui montre avec clarté
que les femmes leur en font voir de toutes les couleurs.
Jean Dutourd, *Les Pensées*

Femme au foyer

Comme de la plupart des femmes dans cette affaire, de Christiane je sais peu de choses. La mémoire collective a tendance à effacer les épouses, à ne conserver d'elles qu'un nom sur un registre, ou la photo d'une pierre tombale. Elles demeurent dans l'ombre de leur mari. Et la mémoire de ceux qui les ont connues n'est habitée que par de vagues souvenirs, trois fois rien d'anecdotes. Il faudra s'en contenter, imaginer au-delà de ces éléments une personne plus complexe, déracinée.

Christiane Demange née Daguerre est originaire du Sud-Ouest. Plus grande que Jean-Marie – un mètre soixante-dix environ –, c'est une ravissante jeune femme dont la beauté lui vaut d'être élue Miss Pays basque. Son métier ? Coiffeuse.

Christiane décide-t-elle de sa coupe de cheveux ? Peut-être, à cette époque. Comment Jean-Marie la rencontre-t-il ? Je l'ignore. Probablement durant l'été à la faveur des vacances, sur la plage de la Madrague ; son père avait des attaches dans la région. Il emporte sa belle en Moselle, l'épouse en 1969. Fait d'elle sa déesse à Maizières. Elle a 24 ans, lui 26. Ce n'est encore qu'un étudiant en médecine. Trois ans plus tard, il ouvre son cabinet d'angiologie à Thionville. Philippe vient au monde l'année suivante, en 1972. Christiane n'aura qu'un enfant.

Ils ont un appartement à Anglet, près de Bayonne, où elle retrouve ses amis et ses proches, durant leurs congés. J'ignore tout de sa famille. De sa relation avec ses parents. De sa vie d'hier. Du jour où sont apparus les premiers symptômes de son trouble bipolaire. Variations intenses de l'humeur – gaieté euphorique, tristesse insondable – les élans de Christiane sont exaltés, traîtres. On me l'a décrite dépressive et joviale, parfois exubérante. Les phases émotionnelles où elle se fait insaisissable désorganisent sa vie, dégradent son couple, déstabilisent son fils. Christiane, c'est un voile qui cascade sur la gloire de son mari, une épouse qui s'agrippe et l'agrippe, une mère protectrice qui se casse la gueule. Le couple s'oppose, se heurte, cohabite. Les parents dérivent, attachés l'un à l'autre par leur fils et l'addition de leurs troubles.

Pour toutes ces raisons, Christiane ne se montre jamais en public, ne s'affiche au bras de son vainqueur de mari que le jour des élections. Elle s'isole, referme sur elle les portes de la maison de Maizières, fait chambre à part.

La relation adultère de son époux n'arrange rien à l'affaire. Pour Daniel Payntar, elle savait. *Elle a souffert en silence. Elle n'a jamais rien dit. C'était toujours « mon biquet », elle lui a toujours tout laissé passer.* La politique ne suffit pas à nourrir son homme. Le pouvoir appelle le sexe. Même s'il n'est pas porté sur la chose, Jean-Marie Demange n'est pas en carton. Je suppute quelques aventures extra-conjugales, histoire de relâcher la pression. Jusqu'à ce que Karine Albert lui harponne le cœur.

Denis Theisse confirme : Christiane connaissait l'existence de Karine. *Jean-Marie était conscient de la situation qu'il imposait à sa femme. Mais il n'a jamais cherché à lui faire de mal, c'est pour cette raison qu'il se refusait à divorcer.* Dans pareilles circonstances, rares sont les hommes qui ne sacrifient pas plutôt leur légitime. Le soir, il quitte Karine pour être auprès de Christiane, la rassurer.

Ce besoin vital de veiller sur elle…

Ce couple est une symbiose pathologique.

Didier Waldung connaissait bien Christiane. *Une femme adorable, mais malade.* Il se rappelle qu'un nombre incalculable de fois, souvent le soir, parfois en journée, Demange recevait un coup de fil et devait quitter la mairie toutes affaires cessantes parce que sa femme avait un problème. *Surdose de médicaments, encore… Et lui vivait avec ça, c'était une angoisse permanente. Je pense que ça explique sa fuite dans ses fonctions politiques. C'était un passionné de sa mission d'élu de maire de Thionville. C'était une vraie passion, sa ville. Il lui était entièrement dévoué. Mais il y mettait certainement plus d'énergie que nécessaire : c'était comme un exutoire, par rapport à sa vie de famille.*

Le 17 novembre 2008 au matin, Christiane est très inquiète. Son mari a quitté la maison et l'a appelée depuis la voiture. Il lui a tenu un étrange discours. Elle contacte Denis Theisse. *Est-ce que tu sais où il est ? Non ? Je crois qu'il est en train de faire une connerie.* Elle imagine le pire. Mais c'est bien pire encore. Le début d'un calvaire.

En commettant un féminicide suivi de son suicide, Jean-Marie Demange lui abandonne leur fils, la condamne au déshonneur et la livre en pâture.

Tous les jours, dans sa boîte aux lettres des gens glissent des mots. Des lettres d'insultes. Des saloperies. Mariée à un meurtrier, elle y est forcément pour quelque chose. Elle supporte vindicte, crachats. Retient son souffle. S'éloigne des fenêtres. Mais ce qui la ronge vient d'ailleurs. Comment ne pas lire dans le regard des proches, des amis, l'ombre d'un ressentiment à son encontre ? Si elle avait été moins tolérante à l'égard de son mari, moins dépendante de lui, si elle lui avait imposé de rompre avec sa maîtresse ou demandé le divorce, Jean-Marie Demange n'aurait pas tué Karine Albert.

On imagine mal l'intensité des maux qu'une telle situation peut engendrer, d'autant plus chez une personne dont les séjours dans un centre de soins dédié aux troubles psychiatriques sont réguliers.

Denis Theisse prend des nouvelles de Christiane, lui rend régulièrement visite, inquiet de ne voir aucune amélioration de son état. Six mois ont passé lorsqu'il reçoit un coup de téléphone : Christiane souhaite l'inviter ainsi que sa femme et sa belle-sœur à déjeuner. Le vendredi 10 avril 2009, tout le monde se retrouve chez Mahfoud, à Amnéville, qui tient un restaurant marocain apprécié d'elle et de feu son époux. *Elle voulait nous dire qu'elle se sentait mieux, que les choses évoluaient bien pour elle.* Le moment est convivial, amical. Après l'avoir raccompagnée chez elle, Denis est rassuré. *Le lendemain, ma femme et moi sommes partis en vacances en Bretagne. Et le mardi, nous avons appris son décès à la radio.* Cocktail létal de médicaments et d'alcool. Sur l'enregistrement de notre entretien, la voix de Denis Theisse se trouble à l'évocation de ce souvenir. *On avait été contents de la voir détendue et souriante. On ne savait pas du tout que ce serait un au revoir…*

Ce repas lui avait rappelé sa dernière entrevue avec Jean-Marie, quelques jours avant sa mort. Même calme. Même sentiment d'une page qui se tourne.

Christiane a-t-elle prémédité sa mort ?

Ce mystère reste aussi impénétrable que ce couple qui termine sur le bûcher de son propre foyer.

Extrait de la transcription de mon échange en date du 8 novembre avec Laurence Schmitt, journaliste au *Républicain Lorrain.*

— La mort de l'épouse, c'était très malaisant. J'étais déjà au siège, à Metz. Régulièrement, des chaînes de TV me contactaient pour que je témoigne sur l'affaire. Mais c'était trop tôt. Il était hors de question qu'on paye notre écot à une émission de télévision sur laquelle on n'avait pas la main. L'affaire Demange a été mise sous le boisseau parce qu'il était député mais aussi pour cette raison : à cause du drame familial autour. Un contexte psycho-émotionnel pour Jean-Marie Demange et psychiatrique pour sa femme et son fils, donc, bof ! On n'a pas donné suite, à l'époque. Aujourd'hui, cette affaire partirait comme une traînée de poudre : un féminicide pareil... Là, mine de rien, on a eu le temps de traiter les choses.

— Si la famille avait eu connaissance de certains éléments, de signes avant-coureurs indiquant ses intentions suicidaires et son obsession pour Karine Albert, on aurait pu empêcher ça, non ?

— Il n'avait pas de famille. Sa famille, c'était son entourage politique. Tout le monde savait qu'il risquait de faire une connerie. C'était clair et net. Même Bertrand Mertz qui l'a battu aux municipales – le déclencheur de cette descente aux enfers – le sentait. Tout le monde savait qu'il risquait de faire une connerie, de se suicider. Jamais on n'aurait pu imaginer qu'il allait tuer sa maîtresse. C'était quelqu'un de violent verbalement mais pas physiquement. C'était un homme politique.

Quand on n'a plus d'ennemi,
c'est qu'on est dans la détresse la plus absolue.
Bertrand Mertz

J'ai cru que papa t'avait tuée

L'affaire Demange.

Ce piège d'une époque lointaine. Un marécage qui engloutit jusqu'à l'offense.

L'avocat Bertrand Mertz a souhaité s'entretenir avec moi en face à face plutôt que par téléphone. Il m'a donné rendez-vous à son cabinet, au Technopôle de Metz. Celui qui a ravi la mairie de Thionville à Jean-Marie Demange en 2008 vient d'être élu secrétaire de la section Metz-Nord du PS à Metz. À deux ans des municipales, pour la journaliste Aurélia Salinas de l'hebdomadaire *La Semaine*, l'avocat s'installe *à une place stratégique du PS messin et ne cache pas ses ambitions d'une possible candidature à la mairie de Metz*. À 62 ans, il retourne dans la fosse aux loups, celle où voilà vingt-sept ans, il menait son premier combat politique.

— Je n'étais absolument pas dans l'intimité de Jean-Marie Demange.

La première phrase pose le cadre. Derrière la table d'une salle de réunion baignée de clarté, il ponctue ses phrases du martèllement de l'index. Le smartphone posé devant moi enregistre chaque vibration en plus de notre conversation.

Jeune avocat du barreau de Paris, l'auteur, entre autres, d'un essai sur le phénomène des réseaux sociaux[49] s'engage en poli-

[49] *Les Réseaux sociaux contre la démocratie. Palimpseste de La Société du Spectacle*, Édilivre, 2021.

tique à 35 ans dans la perspective des élections législatives de 1997. Thionvillois, il est investi par le PS pour être candidat dans la neuvième circonscription de Moselle, face à un député de droite en poste depuis une décennie et récemment élu maire de sa ville, Jean-Marie Demange. Bertrand Mertz ignore vers quel personnage ses camarades du PS l'ont gentiment poussé.

— Les premiers échanges sont un peu rugueux.

Contre Demange, il échoue, sans surprise. En 2001, après avoir été élu conseiller régional de Lorraine (1998), Mertz est tête de liste de la gauche aux élections municipales. Demange conforté à la mairie de Thionville, le candidat recalé se retrouve au conseil municipal dans l'opposition.

— Les relations se tendent beaucoup, Demange est très agressif envers moi.

Le maire de 58 ans fait face à un avocat aussi attaché à sa ville, têtu et réactif que lui. C'est le grain de sable qui gratte dans le maillot. La flaque d'huile sur laquelle le second mandat de Demange va ripper.

— J'ai rapidement considéré cet homme comme quelqu'un qui relevait de la psychiatrie.

Mertz s'affirme au sein du conseil municipal comme le chef de l'opposition. Régulièrement, il prend à témoin l'équipe de Demange en plein conseil : *Mais comment pouvez-vous accepter de soutenir quelqu'un qui se comporte de cette façon ?*

— Il était insultant, avec moi. Et ses discours n'avaient ni queue ni tête.

L'avocat se tient légèrement de biais, sa voix est droite, il file à vive allure sur un chemin jadis parcouru avec déplaisir. Demange, il le voit comme un type qui à l'époque ambitionne d'entrer au gouvernement de Jacques Chirac, un supporter de Sarkozy.

— Avoir mis en Moselle un type comme Demange à la tête du RPR puis de l'UMP, c'était irresponsable. Ils ont choisi un leader qui aurait dû être débranché depuis longtemps. J'ai eu affaire à lui, une fois, à l'occasion d'une cérémonie, en dehors du conseil. On a eu des échanges courtois, à ce moment-là. Quand il était détendu, il pouvait être aimable. Mais dès lors qu'il faisait face à une situation de contradiction, il était non seulement brutal dans sa façon d'être, mais aussi incohérent…

Ses épaules se contractent.

— Je vous assure, ses discours, par exemple au moment des vœux, ça sautait du coq à l'âne, il y avait des digressions totalement déplacées.

Contrairement à lui, Demange n'a pas étudié les sciences économiques, le droit, les sciences humaines et la philosophie. Il a fait l'École normale pour être instituteur, a bifurqué vers des études de médecine, et il pêche le brochet à la cuillère. Ses discours sont folkloriques, portés par la verve de l'instituteur qu'il n'aura jamais été, fracturés de digressions. Il fonctionne à l'instinct, improvise, partage avec son auditoire les pensées qui le traversent au moment où il prend la parole. Ce n'est pas un orateur mais il se débrouille. Il lance sa ligne et mouline. Et il n'aime pas qu'on lui en impose, même dans son propre camp. Les luttes d'ego, ça l'épuise.

— Demange a commis une faute politique durant son second mandat : sur sa liste, il y avait Maurice Grunwald (UDF-PR), le président de la chambre de commerce et d'industrie de Moselle, dont il voulait se débarrasser. Alors il a envoyé contre lui son directeur de cabinet, Harold Labesse, aux élections cantonales.

Furax, Grunwald tourne le dos à Demange et fait campagne contre lui aux municipales. La candidature de Mertz en est favorisée.

— Et j'emporte la mairie.

À l'évocation de sa victoire, l'avocat affiche un air dépité. Il ne fera qu'un seul mandat. Il n'aura pas le temps d'aller au bout de ses projets pour la ville. Anne Grommerch[50] reprendra les rênes de la mairie au PS en 2014.

[50] Membre de l'UMP puis des Républicains, elle est députée de 2008 à 2016 et maire de Thionville entre 2014 et 2016. Elle décède d'un cancer au début de son mandat.

— Je me suis fatigué pour rien : Thionville est une ville bétonnée à droite.

En mars 2008, son arrivée en mairie se présente mal. L'adversaire n'accepte pas sa défaite. Demange quitte son poste avec fracas. La passation des pouvoirs, un moment-clé de la mandature durant lequel le nouveau maire se voit confier les dossiers par son prédécesseur, n'aura pas lieu.

— Quand je suis arrivé, il n'y avait plus rien sur le bureau du maire. L'équipe avait fait le ménage. Aucun dossier d'administration. Aucun dossier sur les sujets sensibles politiquement.

Au mois d'avril 2008, un mois après les élections, Mertz convoque Demange au conseil municipal afin qu'il s'explique sur la gestion des finances. Il ignore alors dans quel état de détresse se trouve son prédécesseur.

— Quelqu'un lui avait préparé un texte qu'il a lu. J'ai vu qu'il n'allait pas bien. Je l'ai remercié d'avoir fait le déplacement et il est parti.

Un souvenir lui revient en mémoire. Insensiblement, il se penche vers moi.

— Quand j'étais dans l'opposition à la fin de son mandat en 2007, j'ai eu vent du fait qu'il avait salarié sa maîtresse en tant qu'assistante parlementaire. Je lui fais savoir que je vais l'interroger sur ce point au prochain conseil municipal. Le conseil a lieu, il préside, on avance dans le débat, puis sentant que je vais venir sur le sujet, Demange se retire et demande à son adjointe de poursuivre. Il disparaît derrière un rideau au fond de la salle. Jackie Helfgott, son adjoint à la culture qui est aussi médecin anesthésiste, le suit… À cette époque, je me rendais bien compte que cet homme était perturbé psychiquement, mais je le pensais solide. Alors, je viens tout de même sur le point que je voulais aborder et, soudain, Demange surgit de derrière le rideau, reprend la présidence de l'assemblée municipale, vocifère, puis repart… C'est à ce moment-là que j'ai pris conscience de sa grande fragilité.

Bertrand Mertz n'a jamais rencontré Karine Albert. Il ignore quelle relation intense unissait Demange à sa maîtresse. Il ne sait rien des difficultés intimes du député-maire, de la pression que cette femme dans sa vie ajoute à une situation déjà très compliquée par les problématiques personnelles de son épouse et de son fils. Je les lui expose, en quelques phrases. Il hoche la tête.

— Ceci explique qu'il a fait une campagne déplorable, car il n'était plus capable de faire face…

— Quand l'avez-vous vu pour la dernière fois ?

— À la cérémonie du 11 Novembre. La règle, à Thionville, c'est de fêter l'Armistice mais aussi la libération de la ville en 1944. Donc, d'abord le défilé militaire, et ensuite, le dépôt d'une gerbe pas très loin de la mairie, là où les Alliés ont traversé la Moselle. Le député est là de droit, et c'est le maire qui dépose la gerbe.

Bertrand Mertz marque un temps avant de poursuivre.

— Il est arrivé seul. Ceux de son bord étaient déjà présents… Au départ, il faut savoir que j'ai beaucoup de rancœur envers cet homme. Il a été très dur avec moi quand j'étais dans l'opposition… Mais ce jour-là, je vois qu'il ne se porte vraiment pas bien. Alors je vais vers lui pour lui proposer de déposer la gerbe avec moi, ce qu'il accepte. À la fin de la cérémonie, tout le monde se disperse. J'échange quelques mots avec lui. Ma famille, ma femme et mes enfants, qui étaient petits, restent à l'écart pour ne pas nous déranger. Et je m'aperçois que l'entourage de Demange repart sans l'attendre…

L'avocat cligne des yeux. Des images de la scène lui reviennent en mémoire.

— On est là, tous les deux, et il me dit : « Ma vie est finie. »

Bertrand Mertz a face à lui un homme laminé, à l'opposé de l'animal politique contre lequel il a combattu. Il s'emploie à lui remonter le moral, fait le bilan de vingt-trois années d'une belle carrière politique, lui dit des paroles de réconfort, propose un déjeuner. *Je demande à mon cabinet d'appeler votre secrétariat la semaine prochaine, et je vous invite.*

— Il paraît que le député a trouvé mon geste très élégant.

Mertz fait glisser ses mains sur la table jusqu'à ce qu'elles agrippent le rebord devant lui.

— C'est bien la preuve qu'il était au bout du rouleau : quand on n'a plus d'ennemi, c'est qu'on est dans la détresse la plus absolue.

Il soupire, s'enfonce dans son fauteuil. Doucement, je vais le guider vers l'évocation d'un moment difficile pour lui : le jour du drame.

— C'était l'heure du déjeuner… J'avais pris ma voiture personnelle car ma femme et moi allions visiter une petite entreprise pour choisir un parquet – nous étions en pleins travaux à la maison. Alors que je conduis avec le kit mains libres, le téléphone sonne. Je prends l'appel. Mon directeur de cabinet me dit : *Qu'est-ce que tu fais ? – Je suis en train de conduire. – Gare-toi. – Mais j'ai le kit mains libres, je t'écoute. – Non, non, gare-toi.* Donc je me gare, et là…

Bertrand Mertz s'interrompt.

— Ça me…

Il est au bord des larmes.

— Je ne savais pas comment réagir. Mon directeur de cabinet m'a dit : *Pour le moment, ne change rien, la police est sur les lieux, je te tiens au courant.* Donc on est quand même allés à notre rendez-vous… Je n'ai absolument rien regardé de ce que l'on nous montrait parce que j'étais pendu au téléphone. Les coups de fil, ça n'arrêtait pas. Et puis mon directeur de cabinet m'a rappelé. Un attroupement se formait autour du lieu du drame. Le commissaire de police et le procureur de la République avaient débarqué, ma présence était requise. On s'est rendus directement sur place, ma femme et moi. Et là, ce fut un déferlement de haine des gens du quartier envers Demange.

Mertz s'entretient avec le procureur qui lui propose d'aller voir les corps. Il décline.

— Je suis resté en bas, dehors. Les gens venaient me parler, la presse m'interviewer, j'ai dit des banalités… C'était un moment terrible.

Du crime, je m'étonne qu'il sache si peu de choses.

— Il a tiré deux fois sur elle ? Vous me l'apprenez.

Son émotion, ses silences me frappent. Plus que la scène de crime dont il a préservé sa mémoire d'images sanglantes, c'est bien la cause de ce féminicide qui le hante. L'enchaînement des circonstances qui ont poussé Jean-Marie Demange à basculer. L'avocat s'interroge encore sur le rôle qu'il aura joué dans cette tragédie : celui qui, au pire, aura causé la chute, au mieux, l'aura favorisée.

— Ce qui est à l'origine de son effondrement psychique, c'est quoi ? La perte des élections ou la perte de Karine ?

Nous avons échangé longuement sur le profil psychologique de Demange, avec le recul de sa propre expérience de maire.

— C'est dur à vivre, la défaite, vous savez. C'est une grande douleur. Vous avez l'impression d'être rejeté, que les gens vous tournent le dos. Avec le temps, on analyse les choses sur le plan sociologique, on tient compte du tissu politique local… Peut-être qu'il n'était pas fait pour une carrière politique. C'est son père qui a négocié l'affaire avec Pierre Messmer pour qu'il mette son fils en avant. Il a été élu à la proportionnelle[51] aux législatives de 1986.

Et puis, il y a ce moment glaçant où l'avocat reçoit un appel qu'il est obligé de prendre. Mais au bout du fil, personne. Nous parlions des liens entre père et fils. Un appel de l'au-delà ?

Je note alors sur mon carnet une phrase que m'inspire notre échange :

> Le propre du féminicide, c'est un homme qui ne s'accepte pas en tant que fils dans l'histoire de sa famille.

L'entretien s'achève, il me raccompagne. Son épouse est là qui l'attend au secrétariat. Elle est telle qu'elle m'est apparue sur le reportage du *Républicain Lorrain*, jamais loin de son mari, bienveillante.

[51] Dans le cadre d'un scrutin proportionnel, chaque parti politique soumet une liste de candidats. Après le vote, les sièges sont répartis entre les listes en fonction du nombre de voix obtenues par chacune.

Seize ans ont passé, ce couple est resté soudé. Dans l'exiguïté de la pièce, Mme Mertz me livre alors une anecdote que seule une mère peut songer à transmettre à une romancière.

Le jour du drame, lorsqu'elle va chercher leur fils Antoine à la sortie de l'école, elle le voit avancer dans sa direction, tout pâle. Dans ses bras, il éclate en sanglots. Ses premiers mots prononcés dans un souffle, elle ne les a pas oubliés. *J'ai cru que papa t'avait tuée.*

La rumeur a couru dans toute la ville, traversant la cour de récréation, que le maire avait tué sa femme. Antoine a passé l'après-midi avec l'idée que son papa avait assassiné sa maman. Comme il n'osait pas en parler à sa maîtresse, elle n'a pu démentir la fausse rumeur. Bertrand Mertz soupire.

— Il avait 7 ans à l'époque. Il a vécu un des événements les plus difficiles de sa vie.

L'avocat cherche toujours une explication à cette tragédie. Il y pensait encore lors de sa dernière affaire criminelle, en étudiant le profil de son client.

— Le dernier type que j'ai défendu aux assises avait assassiné sa belle-mère. C'était un type gentil comme tout. Mais son profil psychologique était quand même inquiétant, comme celui de Demange, et ça son entourage ne pouvait l'ignorer.

Partout, chaque année, des maisons se vident, dévastées par un drame que personne n'aurait pu imaginer.

L'une d'elles, je l'habitais encore avec mon frère et ma mère, il y a quarante ans.

L'autre m'attend peut-être…

Dans une chambre, j'imagine un lit couvert de poussière. Le papier peint part en lambeaux à l'angle d'un mur. Sur une commode, un vase de fleurs séchées. Accroché au-dessus, un crucifix. Dans une autre pièce, des cartons renferment des jouets et des livres d'enfant. Le scotch qui les entoure est si vieux qu'il se décolle. On voit quelques crottes de souris sur le plancher. La radio, toujours allumée dans le salon, s'entend depuis l'escalier. En bas, au milieu de la table de la cuisine, un pot de crème Danette au chocolat, une cuillère à l'intérieur, rempli de moisi. Quelqu'un a oublié de le finir. Au fond d'un tiroir, je crois que s'y trouve encore une photo : celle d'une jeune fille en maillot de bains, sertie d'une écharpe *Miss Pays basque*. Christiane aimait la montrer de temps en temps aux amis, avec un brin de fierté.

CINQUIÈME PARTIE

LES GRIFFES TENACES D'UNE ÉNIGME

— Qui soupçonnez-vous ?
— Tout le monde et personne. Mon rôle ne consiste pas à soupçonner, mais à découvrir le coupable.

Anna Katharine Green,
Le Crime de la 5e Avenue

La liberté de la preuve

Jean-Marie Demange est-il un meurtrier ou un assassin ? Le meurtre de sa maîtresse était-il prémédité ?

Mon but, élevé, périlleux de romancière, a toujours été de faire la preuve. Pour me sauver de ce monde qui nous environne. Garder l'espoir que je maîtrise quelque chose.

Le moment est venu de convoquer mes fantômes. Ceux qui tourbillonnent dans ma tête et m'accompagnent jusque dans mes songes depuis de longs mois. Réunir les vivants, aussi. Les graines de cette moisson d'entretiens, de recherches, glanées le temps d'un automne, il me faut à présent les livrer. Elles sont ce petit rien qui change tout. Le germe d'une autre histoire. Ma vérité.

Pour expliquer un acte criminel, il suffit parfois d'en chercher les raisons. Un individu ne s'engage sur une ligne d'action que s'il est motivé par un but précis. Il a pesé le pour et le contre, mis en équation le lieu, le temps et l'heure, et longuement réfléchi aux alternatives. Mais jusqu'au dernier moment, tout peut déraper, comme dans cette affaire.

À quelques jours du féminicide de la rue des Pyramides, Jean-Marie Demange cherche à mettre fin à son tourment, dans sa globalité. Sa fulgurante désintégration sociale, la perte de son statut de maire, revers fatal à sa carrière, lui est insupportable. Si peu de ses amis et ennemis politiques se soucient encore de lui. Il a échoué à fonder une famille idéale et heureuse, la femme avec laquelle il a cru au bonheur s'en est allée, lui révélant son incapacité à faire la joie de ceux qui l'aiment, il atteint l'âge de la retraite, un mot qui pour lui sonne le clairon de la débandade, et, en dépit de ses efforts, il pense avoir échoué à obtenir l'estime pleine et entière de son père. Barbouillé de ratures, de mots surlignés dans la colère, le livre de son existence est en lambeaux. Jean-Marie Demange choisit d'agir pour ne plus souffrir une situation à laquelle il ne voit aucune autre issue que de celle de se donner la mort. C'est donc un suicide qui se profile plutôt qu'un coup de fil au 3114[52] ou aux services des urgences psychiatriques.

À mourir, le bénéfice est grand.

Il ne se blâmera plus d'avoir, par l'orientation qu'il a donnée à sa carrière, favorisé ou aggravé les troubles psychotiques de son fils et de son épouse. Sans doute considère-t-il que Christiane et Philippe s'en sortiront mieux sans lui et qu'il est temps de cesser de les tourmenter avec ses ambitions politiques et ses frasques. Il n'attendra plus rien de Karine à laquelle il a tant donné, ne cherchera plus à prouver à son père sa valeur. Il tarde à Jean-Marie Demange de ne plus se fourvoyer dans des quêtes chimériques, de se soustraire au chaos dans sa tête.

Pour que ce suicide ait un sens, du panache, un brin de noblesse, il doit servir une juste cause – la sienne. Son acte sera démonstratif, à la hauteur des trahisons qui l'ont poussé au fond du trou. Il lui faut quitter la scène par un coup d'éclat qui marquera les esprits et prouvera son courage. Se jeter contre un arbre avec sa voiture de fonction ne rimerait à rien. D'autant qu'il ne sait trop comment désactiver l'airbag. Finir paralysé des quatre membres dans un fauteuil en s'alimentant avec une paille, très peu pour lui.

---

52 Numéro national d'urgence de prévention des suicides.

Il arrive que la décision de se tuer soit prise en réaction immédiate à un choc émotionnel, un deuil, une séparation. Il arrive aussi que le suicide soit prémédité et qu'il s'inscrive dans une perspective meurtrière. Mettre à terre ses ennemis (dont, à ses yeux, la nature et la gravité de leurs crimes ne sont plus à démontrer), l'idée a pu traverser l'esprit de Jean-Marie Demange comme un fantasme, un désir de vengeance étouffé dans l'œuf.

Peut-être, dans un premier temps, va-t-il errer avec cette idée en tête, chercher *des fenêtres de tir* dans le but de résoudre ce conflit intime qui le détruit à petit feu et de mettre fin au temps des humiliations.

Dans ce grand projet, on pourrait imaginer que Jean-Marie Demange inclut Patrick Luxembourger, le *traître* de la première heure, Bertrand Mertz, l'homme qui lui a volé son élection, et celui qu'il n'a pas vu venir, le compagnon de Karine, son rival.

Une vendetta personnelle, visant à faire de lui un héros sacrificiel.

Le rapport de force est déterminant sur l'issue d'un affrontement violent. Et Demange ne surestime en rien sa masse musculaire. Le succès de son action résulterait alors d'une situation qui le mettrait à son avantage et du choix de l'arme avec laquelle il ferait passer ce petit monde de vie à trépas.

Pour atteindre facilement ses adversaires qui le dépassent en taille et probablement en force, l'arme à feu s'impose. Radicale, elle incarne la puissance qui lui manque alors pour agir sur les hommes et les choses. Dans sa main droite, une arme rétablit l'ordre. Plutôt qu'un fusil de chasse encombrant, le pistolet semi-automatique se présente à Jean-Marie Demange comme l'arme parfaite. Elle a de nombreux avantages, dont celui de surprendre. Contrairement à l'arme blanche, à moins d'un coup de poignard dans le dos (le comble de l'indignité), nul besoin de maîtriser l'adversaire pour agir. Son maniement est assez simple et peu risqué. Jean-Marie Demange pourrait opérer à une courte distance de visée ; inutile de s'entraîner à tirer sur des boîtes de conserve à l'étang. Et la poche intérieure de son imperméable est assez grande pour contenir un 7.65.

Le choix d'une arme n'a jamais rien d'anodin. Elle participe du mobile et des motivations du tueur.

Une arme blanche, investie de colère, de vengeance, est généralement choisie pour faire couler le sang. C'est le couteau dans notre cuisine, à portée de main, que l'on saisit sous le coup d'une émotion. Il nécessite une certaine maîtrise du geste – le manche peut nous glisser des mains, la lame, riper, casser ou se loger dans un os. Le couteau de boucher est l'arme de la barbarie, de la pulsion et de la folie. Le poignard va droit au cœur ou s'abat entre les omoplates. Le canif à lame fine entaille, supplicie, égorge. Ce n'est pas un hasard si les auteurs de féminicides privilégient l'arme blanche dans 43 % des cas[53] : dans ce choix, plus que la volonté de tuer, s'exprime celle de détruire, d'anéantir l'autre dans sa chair, de le saigner tel un animal.

Demange ne cherche pas à infliger de souffrances.

Nous sommes dans la tête d'un homme qui recherche sa propre mort. Ce fantasme de tenir en joue ses ennemis n'est qu'un moteur inconscient qui le pousse à se rapprocher du moyen de mettre fin à ses jours.

Supprimer deux ou trois individus qu'il estime indignes de lui survivre est le film qui se tourne dans sa tête : il les tient au bout de son 7.65, face à face, à sa merci, jouit de cet instant où ils s'écroulent avant de se donner la mort. Cette scène qu'il se projette n'apaiserait pas sa peine, mais lui donnerait le sentiment d'avoir fait son devoir, une dernière fois.

---

[53] Le meurtre par armes à feu ne représente que 20 % des féminicides. L'asphyxie, par strangulation ou étouffement (17 %), est un mode opératoire exclusivement masculin (source : *La rédaction numérique de France Inter*, AFP, dimanche 3 septembre 2023).

On peut penser qu'il choisit une arme qu'il connaît bien pour l'avoir contemplée souvent, manipulée en cachette de son père. Souvenez-vous de la déclaration du procureur de la République Jean-François Mailhes dans la presse : *L'arme du crime est un 7.65 Herstal de la Seconde Guerre mondiale, un pistolet semi-automatique non déclaré. Les recherches sur les fichiers ou auprès de l'entourage n'ont pas permis de reconnaître les circonstances d'acquisition.*

Nul besoin d'être un expert en balistique pour faire le rapprochement entre le père de Jean-Marie Demange et l'arme du crime. Il suffit d'entrer quelques mots-clés dans un moteur de recherche ou d'avoir un fils dont le meilleur ami est passionné par les armes anciennes.

— Il s'agit probablement d'un Browning 1910 commercialisé par la Fabrique nationale belge de 1912 à 1978. En principe, il n'a pas officiellement le statut d'arme de service. Dans le cas de celui que décrit ta mère, s'il y a encore les initiales d'Herstal, c'est qu'il a été utilisé soit dans l'armée belge soit dans la Résistance. Il a aussi parfaitement pu se retrouver dans les mains d'un infirmier militaire bien qu'il n'ait pas le statut d'arme de service officielle, comme beaucoup d'armes de l'époque qui ont été employées en masse sans être vraiment homologuées. En résumé, on est sur une probabilité de 70 %.

Je n'ai pas été surprise lorsque la journaliste Laurence Schmitt, au cours de notre entretien, m'a confié qu'à l'époque de l'enquête, au *Républicain Lorrain*, ses collègues avaient tous supposé que le pistolet était celui du père. Pour Denis Theisse, l'ami du député, c'est presque une certitude. Jean-Marie Demange ne possédait pas d'arme, hormis un fusil accroché au mur, à son domicile, en guise de décoration.

— J'ai été interrogé plusieurs heures au commissariat de police. Ils sont venus me chercher le lendemain du drame. Ils m'ont questionné sur le sujet, mais je n'ai pas pu leur donner d'informations. Je me souviens que Sarkozy leur a téléphoné, à ce moment-là…

Un député qui commet un crime pareil, forcément, le président de la République s'interroge. Après cela, je suis parti une semaine me planquer. La presse me harcelait. Certains médias me proposaient des milliers d'euros pour avoir une photo de Jean-Marie avec Karine...

L'enquête est sous haute surveillance, les médias sont aux aguets. L'affaire salit les bancs de la République. Y mêler le nom d'un ancien résistant, conseiller général, maire RPR et grande figure du gaullisme en Moselle, n'est pas indispensable. En toute logique, un relevé visant à déterminer la présence d'un autre ADN que celui de Jean-Marie Demange sur la crosse de l'arme du crime aurait dû être effectué. Si tel est le cas, l'information n'a pas été communiquée à la presse. Le procureur s'en est tenu à une formulation évasive concernant des recherches auprès de l'entourage du mis en cause n'ayant pas abouti.

Nous sommes dimanche ou lundi, un jour ou deux avant la cérémonie du 11 Novembre à laquelle le député se doit d'être présent. Il est possible qu'après avoir rendu visite à son père, Jean-Marie Demange soit reparti d'un pas plus raide que d'habitude, la figure crispée, le pistolet semi-automatique que Maurice gardait quelque part chez lui au fond d'un tiroir, glissé dans la poche intérieure de son imperméable.

Alors, j'imagine le Browning contre son torse.

Les plaquettes vissées dans la crosse ont été patinées par le temps, le frottement d'une paume, la transpiration. Ce pistolet a vécu bien des combats, menés par un jeune papa, un résistant dont Jean-Marie a tant admiré le courage.

Avec cette arme dans sa poche, soudain, il doute.

Par expérience, il sait que le rapport de force change au cours d'un conflit : le comportement de son ennemi peut le surprendre, le déstabiliser. C'est parfois le cas, en politique. L'adversaire est capable d'aller jusqu'à des extrémités insoupçonnées – se ruer sur lui pour tenter de le désarmer, par exemple...

Le projet n'ira pas plus loin. Demange n'est pas l'homme d'une telle entreprise.

Aurait-il inclus Karine Albert dans son projet de vendetta ? Non. C'est un homme d'honneur. Il n'a rien contre les femmes, en général, en dehors du fait que, pour le dire avec humour, elles ne devraient pas faire de politique ailleurs que dans un salon de coiffure. En 2008, comme en témoigne la députée Marie-Jo Zimmermann, l'exercice du pouvoir est encore très majoritairement l'apanage des hommes, un domaine où la taille importe peu lorsqu'il s'agit de gagner les élections.

Jean-Marie Demange respecte les femmes, car il leur doit beaucoup. L'angiologue n'a pas oublié ses patientes, les « trente mille paires de jambes d'électrices » qu'il a soignées et sans lesquelles il n'aurait pas gagné si facilement la mairie de Thionville. Marie-Louise, sa mère, la première femme de sa vie, s'incarne dans toutes celles qu'il a aimées. Elle a toujours pris sa défense, agissant dans l'ombre de son mari. Elle aura chéri ce bébé chétif auquel on ne donnait guère de chance à la naissance et, de son sein, nourri des ambitions dont Jean-Marie se serait bien passé, mais qu'il a tenté d'assumer pour elle, pour la rendre heureuse, fière. Son agonie et l'impossibilité de la sauver d'une longue maladie ont probablement ravivé en lui une angoisse de mort ou de séparation[54], au point qu'après trente-neuf ans de relation dysfonctionnelle, alors qu'une liaison se noue avec une femme qui le comble, il ne se résout pas à quitter la mère de son fils, Christiane. *Je ne peux pas lui faire ça.*

Les féminicides s'inscrivent dans la haine des femmes et la misogynie systémique[55]. L'acharnement sur le corps de la victime, en

---

[54] L'angoisse de la séparation génère un profond sentiment d'insécurité chez l'adulte. On peut penser qu'elle prend racine dans l'enfance de Jean-Marie Demange. La famille n'a pas de logement fixe avant le début des années 1960. Elle suit les différentes affectations du père infirmier militaire, ceci impliquant l'impossibilité, autant pour l'épouse que pour les enfants, de créer un lien social rassurant, de s'attacher à un environnement, une école, des amis. L'angoisse de la séparation peut aussi expliquer ce lien fort que l'on devine entre les trois frères Demange, en particulier entre Gérard et Jean-Marie, lesquels vont aller jusqu'à exercer ensemble le même métier.

[55] Christelle Taraud, *Féminicide. Une histoire mondiale* (La Découverte, 2022). L'autrice est historienne et éditrice.

particulier, est associé à une détestation de la figure maternelle. Rien de tel dans cette affaire.

Lever la main sur Karine, une mère de deux enfants, mettre fin à ses jours parce qu'elle se refuse à lui, il en est incapable. Cependant, il va lui rendre la vie infernale, et jusqu'au bout, tenant à elle plus qu'à sa propre vie, chercher à la retenir, débordant largement du cadre de la bienséance, sans jamais se remettre en question, incapable de surmonter l'épreuve de la séparation. L'idée qu'elle puisse refaire sa vie avec celui qu'il considère comme un traître, un rival, le dévaste.

Pourquoi, alors, tirer à deux reprises sur Karine Albert ?

Quelque chose va renverser la situation.

Un élément imprévu, associé à un tableau clinique, à côté duquel, dans la nécessité de boucler rapidement l'enquête, le procureur de la République, Jean-François Mailhes est peut-être passé.

La honte est une sorte de colère, la colère rentrée.
Et si toute une nation avait tellement honte,
elle serait comme le lion qui se ramasse sur lui-même pour bondir.

Karl Marx, « Lettres à Arnold Ruge »,
1843, *Correspondance*

La petite mort

Elle s'abattait sur moi tel le jugement divin, me foudroyait d'indignité. La honte fut mon tourment. Celui d'une fillette ni faite ni à faire, royalement bâclée. Toujours trop cela, pas assez ceci, et voleuse de bonbons par-dessus le marché. Ma personnalité s'est fabriquée autour du doute, de la dépréciation et de la persévérance à croire le contraire, à me rêver autre. Butée, mal fichue, j'aurais rejoint « le petit Demange » sur le même banc de l'école, avec mes quilles de travers, un cache sur l'œil, un brin de chagrin pour me crisper le menton, des pâquerettes fanées dans la main gauche.

Les crocs de la honte vous font un mal de chien. Ils ne vous lâchent que si vous parvenez à oublier la raison de cet emballement de vos émotions négatives. Dessiner la honte, l'exprimer, c'est braver la violence qu'elle exerce sur vous. Les princesses des histoires que je me contais en passant un pinceau sur des pastilles de peinture à l'eau étaient tantôt fêtées, aimées et somptueusement vêtues, tantôt emprisonnées, moquées, rabaissées. Des geysers de larmes jaillissaient alors de leurs yeux.

Honte de mon corps. De ma tête. De mes émotions si difficiles à maîtriser. Des cahots du couple de mes parents. De ma condition de petite sœur à la merci de ce gredin de frangin. Les mensonges que je faisais aux autres étaient des fables auxquelles je finissais par croire moi-même, tant il était doux de m'y projeter. Je les défendais si besoin à coups de poing, de pied et de larmes de comédie dans la cour de récréation, là où se concentrent la bêtise humaine et toutes les humiliations.

De ces moments coupables de mon existence, je garnis mes livres, comme on glisse une friandise à l'intérieur d'une papillote.

Affermi par l'expérience de la vie, on parvient à tenir la bride de nos sentiments ravageurs, à calmer leurs ardeurs. Par la magie du regard que l'on porte sur soi, on parvient à faire d'une singularité honteuse, comme l'a été ma dyslexie, une différence enviable et enviée.

Mais tout le monde ne parvient pas à apprivoiser sa honte. Pour s'y soustraire physiquement ou psychologiquement, certaines personnes manifestent un besoin excessif d'être admirées. La fuite s'opère dans l'orgueil et l'agression, la dépression, parfois le meurtre et le suicide.

La honte qu'éprouve Jean-Marie Demange n'est pas neuve. Elle égale presque son âge. Il avait appris à l'oublier, grandi par sa carrière, sa réussite sociale et financière, embelli par l'amour que lui portait Karine. Mais depuis la perte des élections, le déshonneur le consume. Il endosse toutes les responsabilités de son échec électoral et sentimental. Son imperfection s'est révélée entière aux autres et il ne sait comment se soustraire à cette idée effroyable. Son incapacité à se montrer grand dans l'adversité, ses erreurs de jugement l'ont porté là, dans le gouffre de la dépression. L'angoisse le tenaille, le vide de son énergie mentale. La maladie psychique s'installe, perturbe profondément son humeur et son sommeil. Tristesse. Annihilation de tout sentiment de plaisir, de désir sexuel. Dégoût. Mépris de soi. Comme le répète Jean-Marie Demange à sa collègue députée, Marie-Jo Zimmermann, sur le quai de la gare de l'Est, il est *au fond du trou*[56].

[56] *Deprimere*, l'origine latine du mot « dépression », signifie « presser vers le bas ».

Pour faire face, il recourt à l'automédication.

Et pour comprendre de quelle manière le médecin angiologue est amené à se « soigner », il faut revenir à la campagne des législatives en 1986. Une élection à la proportionnelle. Pierre Messmer tient la liste RPR. Derrière son nom, celui de Jean-Marie Demange et d'une militante gaulliste de 35 ans, Marie-Jo Zimmermann. Alors qu'ils sont en pleine réunion politique, elle voit Jean-Marie Demange, visiblement grippé, extraire de sa poche une plaquette de Totapen. Il avale deux gélules. Puis deux autres. Encore deux autres. La militante connaît cet antibiotique puissant. Elle en a pris lorsqu'elle était institutrice. Un cas de méningite dans l'établissement. La posologie du traitement est d'un comprimé pendant huit jours. Devant le surdosage insolite, elle questionne son voisin. La réponse du futur député la sidère : *C'est la seule manière pour moi de tenir le coup. De toute façon, Marie-Jo, plus on en prend, mieux on se soigne.*

Excessif, imprudent, Demange se traite comme il l'entend. Rédige ses propres ordonnances. Pour soigner son état dépressif, il se prescrit trois comprimés de Deroxat : vingt milligrammes par jour, la dose maximale. Et pour tenter de trouver le sommeil, dix à trente milligrammes de Stilnox le soir – trois fois la dose journalière recommandée. Un traitement lourd. Des effets secondaires notoires.

Chez certains sujets, le Stilnox peut entraîner un syndrome associant, à des degrés divers, une altération de l'état de conscience et des troubles du comportement. Aggravation de l'insomnie (il ne dort plus), agitation, nervosité et colère (comportement largement décrit par son entourage), idées délirantes (tuer ses ennemis), symptômes de type psychotique (délire paranoïaque), désinhibition avec impulsivité, irritabilité, agressivité… Ce syndrome peut s'accompagner de troubles inhabituels et potentiellement dangereux pour le patient (risque de suicide) ou pour une personne qui tenterait d'entraver ses actions (meurtre).

C'est marqué sur la notice.

Le Stilnox (zolpidem) est un des hypnotiques les plus vendus en France. Sa prise expose à des risques accrus d'abus, de dépendance et de conduites automatiques. Sa prescription répond aux règles des produits stupéfiants. Sans surveillance, le remède peut être pire que le mal : seul face à lui-même, le patient perd le sens de la réalité.

Jean-Marie Demange ne maîtrise plus ce qui commande à la chimie de son cerveau. Il fait le compte des années perdues à s'être pris pour un autre, du temps qui continue de s'écouler. Ce sentiment de désillusion de son *moi idéal*, ce dégonflement du délire narcissique, est en train de le détruire. Il croit soudain y voir clair. En réalité, son désir de mort recouvre tout. Il court le plus grand danger.

La tentation d'en finir avec lui-même a fait son nid. Mais il lui faut encore laver la honte, affronter la personne sur laquelle se concentre toute sa haine, le compagnon de Karine, son rival. La solution est là. Ou pas. Il ne sait plus très bien. Comme toujours, il file droit devant, mais dans le noir absolu. Et il n'y a pas de bande d'arrêt d'urgence.

Lorsque la crise suicidaire s'annonce, elle s'exprime par des comportements préoccupants : désespoir, souffrance psychique intense, réduction du sens des valeurs, une forme de cynisme dans les propos exprimés, un certain goût pour les idées noires, la recherche soudaine d'armes à feu. Une accalmie suspecte, un comportement visant à préparer son éventuel *départ* sont des signes de très haut risque[57].

Le mardi 11 novembre, Jean-Marie Demange arrive seul à la cérémonie de célébration de l'Armistice, un peu perdu. Pierre Cuny et lui se saluent. Bertrand Mertz, le maire de Thionville, est à quelques mètres. Droits dans leurs uniformes, gantés de blanc, des officiers coiffés d'un képi les séparent. Demange fixe le vide

57 Source : www.has.sante.fr

devant lui. Le petit homme se dissout au milieu des autres. Voilà que le maire s'approche et lui propose de l'accompagner pour le dépôt de gerbe. Il accepte. De l'homme qui lui a ravi la mairie, il ne voit qu'une ombre. À l'issue de la cérémonie, ils ont un échange. Demange s'entend prononcer la seule phrase qui tourne en boucle dans sa tête : *Ma vie est finie*. Mertz s'applique à lui remonter le moral. Flatte sa carrière d'homme politique. En cet instant, la seule personne à lui montrer un brin de sympathie est son ennemi. Si la preuve devait en être faite, humainement, politiquement, il ne pèse plus lourd, inspire même la pitié.

Les deux hommes se serrent la main et Bertrand Mertz s'éloigne avec sa femme et ses fils. Le député reste seul. Ses anciens compagnons de route sont repartis sans l'attendre. Il frissonne, remonte le col de son imperméable et s'en va.

Pierre Cuny est de garde en ce jour férié. Il a quitté rapidement la cérémonie pour se rendre à l'hôpital. En début d'après-midi, vers, 14 heures, il reçoit un appel de son épouse : « Jean-Marie est là, il veut absolument te voir. » Conscient des difficultés que traverse le député – c'était la première cérémonie à laquelle il assistait depuis la perte des élections municipales –, il rentre chez lui. Le député l'attend dans le salon. Il a gardé son imperméable. Pierre Cuny le débarrasse de son pardessus, qu'il accroche au porte-manteau. Le poids du vêtement le surprend. Il en plaisante : « Tu as des lingots dans ton imperméable ! »

Ils passent l'après-midi ensemble. Calme et posé, Jean-Marie Demange parle de tel ou tel projet qui lui tiennent à cœur pour la ville, fait le tour des dossiers sur lesquels porteront les prochains conseils municipaux. À celui qu'il imaginait à ses côtés comme premier adjoint pour un troisième mandat, il s'applique à donner ses meilleurs conseils. Chaque mot prononcé est comme une corde qui, doucement, se dénoue de l'anneau d'amarrage.

Il reste dîner. Ce sera son dernier repas avec Pierre Cuny, médecin comme lui, et qu'il tient en haute estime. Au moment de prendre congé, il se confie : il ne dort plus. L'insomnie étant un des effets secondaires du Deroxat, puisqu'il se sent mieux, il va stopper son traitement. Son ami le met en garde. On n'arrête pas brutalement un antidépresseur, on réduit la dose, progressivement sur six mois. « Sinon, il y a risque de rebond avec la perspective d'un raptus suicidaire[58]. » « Ah bon. D'accord. » Ils se serrent la main. Jean-Marie Demange s'engouffre dans la nuit.

À plusieurs reprises, Pierre Cuny va tenter de prendre de ses nouvelles par téléphone. Mais le député ne décroche pas. Mercredi. Vendredi. Samedi. Dimanche, la veille de la tragédie, il appelle encore. Se déplacer à son domicile, prendre la mesure de ce qui se trame alors dans la tête de son ami aurait-il changé le cours des choses ?

Personne ne peut imaginer à quel point tout va déraper.

Quelques jours plus tard, lorsque Pierre Cuny se rend aux obsèques de Jean-Marie Demange, qui se déroulent dans la plus stricte intimité, il s'approche de Maurice, son père, et lui pose alors la question qui l'obsède : Jean-Marie prenait-il encore ses médicaments ?

La réponse nous a été donnée par le procureur. Les analyses toxicologiques le concernant ont révélé la présence de molécules qui témoignent de prise de médicaments la veille au soir : un anxiolytique (alprazolam, lorazépam, oxazépam ou clotiazépam) et un sédatif (probablement un hypnotique de type zolpidem, substance active du Stilnox ou similaire). Pas de Deroxat.

L'état dépressif de Jean-Marie Demange est largement évoqué dans la presse dès le lendemain du crime. Pourtant, personne ne s'étonne de ne trouver aucune trace de paroxétine[59] dans son sang.

---

[58] Forte perturbation du champ de la conscience, désir soudain de passage à l'acte, un raptus est une impulsion explosive, souvent violente, à la limite de l'acte volontaire et du réflexe. Dans certains cas, il peut conduire à une agression meurtrière, un suicide, une automutilation, ou bien à la fuite.

[59] Substance active du Deroxat.

J'ai déjà soulevé le paradoxe mis en évidence par les analyses toxicologiques. D'un côté, nous avons un homme dépressif, sous sédatifs et anxiolytiques, avec environ 0,25 gramme d'alcool dans le sang (l'équivalent d'un verre de vin), et de l'autre, un crime avec agression et effusion de sang survenu en quelques minutes, aussitôt suivi d'un suicide. Qu'est-ce qui a déclenché ce basculement ? Dans ses déclarations, le procureur a évoqué la tentative de fuite de Karine Albert sur le balcon.

Cette fuite n'est pas la cause. Elle est la conséquence.

Quel homme est sans erreur ? Et quel roi sans faiblesse ?

Voltaire, *Brutus*

Ma vérité

Que s'est-il passé au 2, rue des Pyramides à Thionville le lundi 17 novembre 2008 entre 10 h 50 et 11 h 37 ? Pour répondre à cette question, il faut s'en poser d'autres. Celles qui ont logiquement effleuré les enquêteurs de l'affaire.

Pourquoi Jean-Marie Demange attend-il quarante minutes avant de tirer sur son ancienne compagne ? Contrairement aux films et romans policiers dans lesquels l'assassin prend le temps de raconter sa vie et son œuvre à sa future victime qu'il tient en joue tout en se repaissant de sa détresse, un homme déterminé à tuer sa compagne ne perd pas de temps. Il sonne, elle lui ouvre la porte, il tire. Elle sort de la salle de bain, il l'étrangle. Elle descend dans le local poubelle de l'immeuble, il la poignarde. Elle se dirige vers sa voiture garée sur le parking, il lui lance une bouteille d'essence au visage et craque une allumette. Si Karine Albert est encore en vie à 11 h 30, c'est parce que Jean-Marie Demange n'est pas venu pour la tuer.

Le déroulement des faits renforce mon hypothèse. Une partie est documentée visuellement (la partie de l'action qui se déroule sur le balcon) et l'autre non (la partie de l'action qui se déroule dans le salon). L'alternance des séquences donne ceci :

1) la dispute commence dans l'appartement – les voisins perçoivent des éclats de voix ;
2) Karine Albert apparaît sur le balcon, elle appelle au secours et tente de fuir. Demange la ramène dans le salon. Il n'a pas d'arme ;

3) une action dont on ignore la nature se déroule à l'intérieur. Un témoin perçoit le fracas de verre brisé ;
4) Karine réapparaît, mortellement blessée. Demange, qui cette fois est armé, abat la victime et retourne dans l'appartement ;
5) détonation d'une arme à feu. Il s'est donné la mort.

Si Jean-Marie Demange prend la peine de ramener Karine à l'intérieur de l'appartement, ce n'est pas pour la tuer. Il pouvait très bien agir sur le balcon, la mettre en joue et tirer. On peut donc supposer que quelque chose d'inattendu s'est produit au cours d'une lutte (fracas de verre brisé) qui a causé la blessure mortelle de Karine Albert. Que les témoins n'aient pas entendu le premier coup de feu peut s'expliquer par un tir à bout touchant, c'est-à-dire que le canon de l'arme est en contact direct avec le corps de la victime, parce que celle-ci tente de dévier l'arme ou de s'en saisir. Dans ce cas, le tir étant partiellement étouffé, le niveau sonore de la détonation est inférieur à celui d'un tir à bout portant.

Autre question capitale de ce féminicide : quelques minutes avant la première balle qui la blesse mortellement, pourquoi Karine Albert tente-t-elle de joindre son compagnon sur son portable à deux reprises ? Et plus étrange encore, pourquoi Demange la laisse-t-il faire ?

Pour desserrer les griffes tenaces de l'énigme, il me faut revenir à la journée du 11 novembre 2008.

Le député se rend chez Pierre Cuny vers 14 heures sans s'annoncer alors qu'ils se sont croisés à la cérémonie. Selon toute vraisemblance, un pistolet se trouve dans son imperméable, lequel pèse non pas le poids d'un lingot d'or mais celui d'un Browning semi-automatique, soit environ trois kilos avec son chargeur de dix-sept balles. Pourquoi porte-t-il cette arme sur lui ? A-t-il l'intention de tirer sur Bertrand Mertz durant la cérémonie et de se suicider en place publique ? L'attitude compatissante du maire de Thionville a-t-elle changé le scénario initial ? J'avoue m'être posé la question avant d'apprendre que le nouveau compagnon de Karine Albert habitait une maison proche de celle de Pierre Cuny. Demange s'est peut-être présenté chez lui après la cérémonie pour qu'ils règlent leurs comptes. Ne trouvant personne, il s'en est allé sonner chez son ami, à quelques pas de là.

Le meurtre d'un rival transcende les époques et les genres. C'est le « meurtre fossile ». Le règlement de comptes à coups de massue entre mâles qui se disputent une femelle.

Il met en évidence des dynamiques de pouvoir et de protection familiale. La nécessité de recourir à la violence pour défendre un foyer. Le meurtre de Tybalt par Roméo, dans la pièce de Shakespeare *Roméo et Juliette*, est une conséquence du triangle conflictuel où les rivalités amoureuses et familiales se recoupent. Tuer son rival, c'est placer l'honneur au-dessus de tout, agir en bon fils. Cet acte relève du lignage paternel. Et pas seulement en dramaturgie.

Être issu d'une fratrie comme Jean-Marie Demange renforce l'idée de troupe, de petits soldats au service du patriarche. Se transmettent à chacun d'eux les mêmes valeurs paternelles, qu'elles soient politiques, historiques, géographiques ou sportives. On vote comme le père, on fait sienne son histoire glorieuse, ses faits d'armes, ses promotions, on vit là où il vit, on le rejoint dans la pratique d'un sport, on porte comme lui des caleçons même si on préfère les slips. Connivence ou respect absolu du patriarche ? Certains parviennent à s'écarter de la ligne, d'autres en sont incapables. Elle leur est même nécessaire : la reproduction du schéma paternel et l'adhésion à ses valeurs cachent en réalité une carence affective.

Beaucoup de pères, aujourd'hui encore, encouragés par leur éducation, sous l'influence de propos masculinistes circulant sur les réseaux sociaux ou de certains dogmes religieux, s'enferment dans un carcan de virilité. Ils peinent à exprimer et à gérer leurs émotions, circonscrits à une représentation de l'homme d'un autre temps, transmise de génération en génération, où l'affection et la tendresse sont stigmatisées, associées à l'idée de faiblesse, d'infériorité, en un mot, à la féminité – dans tout ce qu'elle peut avoir de caricaturale. Cette prétendue capacité de l'homme viril à maîtriser ses affects l'appauvrit et le fragilise, opère une répression, une rigidification. Le père patriarche n'est pas un père au sens affectif du terme. Il est le chef de la horde[60], celle où l'on tue le rival, où les femmes sont à posséder. Et c'est pour cette raison, comme dans le cas de notre affaire, qu'on ne les tue pas.

À moins d'avoir perdu tout sens des réalités.

Où en est Karine de sa relation avec son nouveau compagnon, à cette époque ? Selon Daniel Payntar, l'ancien chef de cabinet de Jean-Marie Demange, elle aurait déjà emménagé chez lui, lasse des visites surprises de Jean-Marie Demange, parfois même à 2 heures du matin. Pour Denis Theisse, elle occupe toujours l'appartement de la rue des Pyramides. Elle et les enfants y sont attachés. Elle souhaite le conserver pour leur éviter un nouveau chamboulement et, sans doute, aussi pour des raisons pratiques. Sachant que le jour du drame, le fils aîné de Karine rentre déjeuner à l'appartement en sortant du collège, cette version me semble plus plausible. La petite famille habite toujours là.

Les éléments sont en place. Les pièces s'imbriquent.

À partir d'ici commence ma version des faits.

De nombreuses tractations ont lieu entre Jean-Marie et Karine Albert au sujet de ce qu'elle conserve et de ce qu'il lui abandonne de leurs six années de vie commune. L'appartement est le point douloureux. Ce serait même un moyen de pression, pour Demange.

Je suppose que le sujet est sur la table au cours du déjeuner qui les réunit le vendredi 14 novembre au *Crève-Cœur*. Demange ne

[60] Le mythe de la horde est une hypothèse développée par Sigmund Freud dans son œuvre *Totem et Tabou* (1913) pour expliquer l'origine des structures sociales et des interdits fondamentaux, notamment du tabou de l'inceste.

supporte pas l'idée de faire de l'appartement de la rue des Pyramides un nid de coucou : hors de question que son rival dorme dans ce qui fut son lit. Il ne mettra le bail au nom de Karine que si elle cesse de le fréquenter. C'est une emprise financière caractérisée sur son ancienne maîtresse. Une pression à laquelle elle refuse de céder.

Difficile de reconstituer avec précision l'emploi du temps de Jean-Marie Demange. L'homme se montre peu. Ceux qui l'ont côtoyé durant ces derniers jours n'ont conservé de ces instants encombrés de chagrins que des bribes, des images, quelques phrases qui auront marqué leur mémoire.

Ce même 14 novembre, en début de soirée, au cours d'une conversation téléphonique, il fait part à Denis Theisse de son intention d'arrêter son traitement. Son ami lui conseille de consulter un spécialiste. *Ce n'est pas parce que tu es angiologue que tu peux prendre la décision d'un médecin psychiatre.*

Alerté par un coup de fil de Christiane, qui s'inquiète pour son mari, Daniel Payntar se présente à leur domicile vers 18 heures. Le député n'est pas au meilleur de sa forme. Les propos qu'il lui tient sont même inquiétants. Il n'a plus goût à rien. *Tout le monde m'a tourné le dos… Même Karine… De toute façon, je pense à la mort.* Daniel Payntar connaît bien cette angoisse qui taraude Jean-Marie Demange. Pour dédramatiser, il en plaisante : « Vous avez tellement peur de la mort que vous ne vous la donnerez jamais. » « Croyez pas ça, Payntar. » Christiane lui propose de rester dîner, mais l'ancien collaborateur de son mari décline. *L'ambiance est sinistre.* Demange le raccompagne à sa voiture, *ce qu'il n'avait jamais fait de sa vie*, puis l'embrasse en lui disant : « Merci pour tout. » Il s'éloigne, et le petit homme de rapetisser dans le rétroviseur.

Dimanche 16 novembre, Jean-Marie Demange adresse un SMS à Karine. Il regrette qu'elle ne l'ait pas recontacté, il voudrait lui parler, propose de passer la voir. Elle accepte de le rencontrer. Peut-être va-t-il enfin accepter de signer les papiers qu'elle a préparés pour lui, et qui mettraient un terme à leur séparation ? Dans ces mots, rien ne laisse soupçonner l'état d'esprit dans lequel est alors Jean-Marie Demange.

Lundi 17 novembre, le député quitte son domicile aux alentours de 9 h 30. Durant le trajet, il appelle sa femme et son fils, leur dit qu'il les aime, tient des propos tout aussi touchants qu'alarmants. À 10 h 50, il arrive à l'appartement avec un peu d'avance. Karine l'accueille. Ils prennent un verre, discutent, assis dans le canapé du salon. Demange est calme, trop calme. Replié sur lui-même, il tient des propos morbides. Évoque clairement l'idée d'en finir. Parle de son rival, « ce salaud » qui ne mérite pas de vivre.

Karine sent la situation lui échapper. Elle lui demande de quitter les lieux. Demange sort un objet de sa poche. Une arme à feu. Il la pose sur la table basse devant lui. Il lui dit qu'il va se tuer. Comme un coup de vent glacial dans la pièce. Il lui montre l'arme devant lui. L'argument par la preuve[61], toujours. Il fait alors glisser le téléphone portable de Karine vers elle. Il veut qu'elle appelle son compagnon. Karine est pétrifiée. Il insiste. Qu'elle l'appelle tout de suite. Karine s'exécute. Tombe directement sur la messagerie. L'enregistrement traduit un intense état de stress dans sa voix. Face à elle, un homme armé dont les nerfs sont en train de lâcher. Il lui ordonne de rappeler. Ce salaud, il faut qu'il décroche. Qu'ils s'expliquent. Encore la messagerie. Le compagnon de Karine a coupé son portable, il ne viendra pas. Karine panique. Elle supplie Demange de la laisser partir. Hors de question. Elle ne bougera pas de ce canapé. Elle s'affole. Son fils ne va pas tarder à rentrer du collège. Elle empoigne son manteau et se précipite vers la porte. Le déclencheur.

Demange change brutalement d'attitude. Une crise psychologique d'une rare intensité, comme une attaque de panique. Il ne faut pas que la situation lui échappe. Il ne faut pas que Karine le quitte.

---

[61] « J'ai toujours besoin de faire la démonstration de ce que j'avance ; cela donne l'impression que je veux toujours avoir raison. » (extrait de l'article du *Républicain Lorrain* daté du 30 janvier 2004).

Il bondit du canapé et atteint le seuil pour l'empêcher de sortir. Il ne contrôle ni ne mesure les conséquences de ses actes. C'est une impulsion explosive, violente, à la limite de l'acte volontaire et du réflexe. Et c'est une situation d'urgence et de danger extrême pour Karine. À moins de faire preuve d'un sang-froid à toute épreuve, il est presque impossible d'y faire face.

Les témoins de l'agression décriront une personne tentant désespérément de fuir et d'enjamber le balcon, hurlant, appelant à l'aide. Sur le second message laissé à son compagnon, c'est une femme terrorisée qui supplie ce dernier de venir à son secours. En arrière-plan sonore, les propos inintelligibles de Jean-Marie Demange sont proférés sur le ton d'une personne qui ne maîtrise plus rien.

La peur engendre l'agressivité. Tentative de fuite, représailles, plus la victime use de sa force, plus l'autre est conduit à répondre avec un surcroît de violence.

Karine essaye de s'échapper par le balcon. Demange la ramène manu militari dans le salon. Elle veut saisir l'arme restée sur la table du salon. Dans la bagarre, les verres renversés se brisent. Et le coup part.

Karine rampe jusqu'au balcon, grièvement blessée au flanc.

Demange est derrière elle, dans un état second.

Il n'entend pas les appels provenant de l'immeuble, en face, ne voit pas les gens s'agiter à leurs fenêtres. Autour de lui, le monde se décolore. Sauf le sang. Cette traînée de sang. L'implacable enfermement de la tragédie. Puis Karine s'effondre à ses pieds. Demange s'accroupit, soulève son buste. Elle se meurt. Incapable de prononcer le moindre mot, il approche l'arme de la tête de Karine et tire. Ce gouffre écarlate. Ce qu'il a détruit. Ce qu'il contemple, le cœur à 140. Il n'est plus rien sinon cette bête qu'il a fait naître. Hagard, il se redresse. Le canon du Browning vient contre sa tempe. Il recule de quelques pas, se détache du ciel et du jour, de la ville stupéfaite, disparaît derrière le rideau.

Rejoindre Karine.

Seconde détonation.

ÉPILOGUE

Seules les victimes auraient éventuellement le droit de pardonner.
Si elles sont mortes, ou disparues de quelque façon,
il n'y a pas de pardon possible.

Jacques Derrida, « Autrui est secret
parce qu'il est autre », entretien avec Antoine Spire,
Le Monde de l'éducation, septembre 2000

Le présent. Le gris du ciel. Mes hommes. Ceux de ma vie, de mes romans. Leur silence.

Ils ont traversé ma vie. Ils m'ont élevée, émerveillée, étonnée, aimée, stupéfiée, épuisée de leur amour. Leurs douleurs se taisaient sous leurs rires, au rebord d'un verre de vin ou dans l'espérance d'une naissance à venir, fille, sœur, petit-fils. J'en vois qui longent encore le chemin de mon enfance, dans l'été de mes souvenirs et l'hiver de tous ces deuils que j'ai, cette année, traversés. Ils ont vécu leur vie avec les moyens du bord, tenté d'être bon père, bon frère, bon fils. Personnages d'une histoire qui ne sera jamais la mienne, certains n'ont pas résisté aux secousses de leurs mésaventures. D'autres voudraient qu'on les oublie. Personne ne mérite que l'on efface son nom, car nous faisons tous partie d'un grand récit. Retirez le loup, il ne reste qu'une fillette avec une galette, naïve et imprudente, qui n'apprendra jamais à se méfier des inconnus.

La tragédie de Thionville m'est d'abord apparue comme un scandale oublié, un féminicide dont l'auteur, un représentant de la République, a eu les honneurs d'une minute de silence à l'Assemblée nationale. C'était une terrible histoire comme on en trouve dans les journaux où le prédateur est présenté comme une ordure de la pire espèce, et sa proie comme une victime de la misogynie, de la haine des femmes et du pouvoir abusif d'un homme. Mais ce n'est pas celle de Karine Albert et de Jean-Marie Demange.

Je laisse derrière moi *L'Union*, la sculpture de deux corps condamnés à une éternelle étreinte. C'est un couple en équilibre, indifférent au bruit de la circulation, au chant des oiseaux à l'aurore, debout au cœur d'une ville qui semble vouée à l'admirer.

Je laisse derrière moi le chagrin d'une demeure accrochée à sa jumelle. Maison fissurée, coque vide, des fuites s'invitent, des vitres se brisent, la végétation s'empale sur le grillage. Bruissements des colères, gémissements du vent. Elle abandonne sa disgrâce aux passants, son délabrement.

Je laisse derrière moi tant de douleur.

Et de petits miracles, aussi. Comme cette bouteille à la mer, le message glissé dans la boîte aux lettres d'une voisine de Philippe Demange. Elle m'appelle, le 8 décembre. *La maison est abandonnée, oui… Depuis qu'on s'est installé ici, ça fait quatorze ans, personne ne l'a jamais habitée.* Au téléphone, sa voix est douce, bienveillante. Philippe aurait toujours vécu en dehors de la maison, d'abord dans le bâtiment au fond du jardin, puis dans le camping-car. Il vivrait seul. *Quelqu'un de très discret. Très protecteur de la nature. Il ne veut jamais tailler ses arbres.* La voisine me parle du propriétaire qui occupait jadis la maison jumelle. *Pendant des années, nuit et jour, il entendait la radio résonner dans la maison vide. Comme s'il y avait encore de la vie. Philippe devait la laisser branchée pour garder une présence…*

Ce poste de radio, je ne peux me l'ôter de la tête. Denis Theisse m'a dit que Christiane et Jean-Marie écoutaient souvent France Inter. Ma voix, l'été, a peut-être habité ce lieu. *Comme s'il y avait encore de la vie.*

ÉPILOGUE

La maison somnole, son grand parc derrière elle, telle une traîne de verdure brodée d'arbres majestueux. Philippe est là pour veiller sur elle.

Karine Albert est toujours vivante. Elle existe à l'endroit précis où la lumière rencontre l'ombre. Entre ces pages.Je m'appuie contre la vitre, cherche là-haut ce qui pourrait percer les nuages – un rayon de soleil, le sourire de Karine. Mon front cogne le silence, l'absence d'éléments qui auraient pu de l'évocation d'une femme creuser un portrait plus fouillé. Comment la détacher de sa relation avec un homme qui semble avoir tout englouti, enseveli jusqu'à son souvenir ?

Le repli d'une famille sur son deuil aura soudé une muraille. Stoppé ma course. J'ignore si la lettre que j'ai adressée à ses enfants est parvenue jusqu'à eux. Les articles de presse consacrés à leur mère se comptent sur les doigts d'une main. Certains se sont flétris. Leur couleur est celle d'une rose fanée sur sa tige. J'y ai puisé le peu que je sais de Karine. Une trop brève exploration, à l'image du poids d'une femme dans l'histoire de l'humanité.

Pourquoi ce livre ? Je le saurai demain, lorsque tout sera fini, quand il sera loin de mes yeux, je saurai, je verrai ce qui danse devant moi, les visages éteints de mon passé, un jeune garçon déguisé en Indien, peut-être, et des volutes de fumée pour forer le ciel.

Emporter le petit homme puissant dans mon sommeil, sa femme, son fils, et le soleil.

POSTFACE
Thomas H. Cook

La masculinité, comme l'a écrit Rebecca Solnit, peut être une petite cage étroite. Beaucoup de garçons sont régulièrement enfermés dans cette cage, et il semble certain que Jean-Marie Demange a été l'un de ces malheureux enfants. L'être humain qui a ensuite atteint l'âge adulte portait en lui toutes les caractéristiques douloureuses de cet enfermement : l'agressivité, l'arrogance, l'insensibilité aux autres. Lorsqu'on le contrariait, il entrait dans une colère noire. Ce comportement n'a fait qu'aggraver son isolement, attiser encore plus sa colère et alimenter de longues périodes de dépression. Le 17 novembre 2008, à Thionville, tout ce matériau psychologiquement inflammable a explosé. Le résultat est un meurtre. Et la victime, une femme, Karine Albert.

Affaire classée ?

Non, pas encore.

Car Sophie Loubière l'a rouverte d'une manière saisissante.

Une Minute de silence est un récit captivant, non seulement sur le meurtre et les événements qui y ont mené, mais aussi sur le silence qui a suivi, un « silence » qui a duré bien plus qu'une minute.

J'ai découvert le travail de Sophie Loubière avec son roman *L'Enfant aux cailloux*. Dans cette œuvre captivante et psychologiquement complexe, une femme âgée, Mme Préau, revient dans sa maison en banlieue parisienne après un long séjour en maison de repos. Peu à peu, elle s'intéresse à ses voisins, une famille avec trois enfants, qu'elle observe de sa chambre. Deux des enfants se comportent tout à fait normalement. Mais pas le troisième, un garçon malingre, à l'écart des autres, seul et prostré. Lorsqu'il jette des petits cailloux contre sa fenêtre, Mme Préau croit à un appel à l'aide.

Après avoir lu *Une Minute de silence*, je me suis retrouvé à penser à cet enfant aux cailloux. Il me semblait maintenant le voir apparaître sous les traits de Jean-Marie Demange, jadis élevé dans cette cage étroite de la masculinité.

Masculinité toxique. L'expression est très courante, mais elle pose problème dans le sens où toute masculinité n'est pas toxique. Toute ambition n'est pas toxique, ni toute agressivité. Même l'arrogance, dans une certaine mesure, a de la valeur dans la vie humaine. Sans elle, de grands efforts – qu'il s'agisse d'explorer le monde ou de guérir le cancer – pourraient être abandonnés au premier obstacle.

Ce qu'il nous faut, c'est une façon de réimaginer et de redéfinir ce que signifie être un homme. Une approche qui ne nie ni ne supprime les caractéristiques dites « masculines », mais qui cherche à les replacer dans un contexte plus large, et ainsi guider les garçons vers une vie plus douce, plus épanouissante, et bien moins frustrée – et donc, moins colérique. En bref, ce qu'il nous faut, c'est que la cage soit ouverte et que l'enfant soit libéré.

Une Minute de silence, avec ses recherches approfondies, sa narration bouleversante des événements, sa complexité psychologique et sociologique, et enfin, sa compassion silencieuse, est un effort pour ouvrir cette cage.

3114

Ne laissez pas ceux que vous aimez s'enfermer dans la dépression, à commencer par vous-même. Des réseaux d'assistance existent pour venir en aide aux personnes dépressives et suicidaires ainsi qu'à leurs proches. Des numéros d'urgence joignables par téléphone ou par Internet et des programmes de prévention du suicide sont mis en place dans de nombreux pays.

En France, le numéro national de prévention du suicide est le 3114.
L'association Suicide Écoute propose une écoute anonyme, 24 h/24 et 7 j/7 sur la ligne d'écoute au 01 45 39 40 00.
Une liste complète des lignes d'écoute est accessible sur le site infosuicide.org

Jean-Marie Demange lors du passage du Premier ministre
Jean-Pierre Raffarin en Lorraine pour soutenir les têtes
de listes UMP aux élections régionales de 2004.

Karine Albert.

17 novembre 2008, jour du drame :
une bâche recouvre la scène de crime
du deuxième étage de la résidence,
là où se trouve l'appartement de Karine Albert.

© Alexandre Marchi

18 novembre 2008, lendemain du crime.
La police scientifique de Strasbourg effectue des investigations dans l'appartement de Karine Albert.

© Alexandre Marchi

L'ancien CRS René Rio, « l'homme à la patate », mime le dernier geste de Jean-Marie Demange.

Christiane Demange, l'épouse de Jean-Marie Demange.
Au premier plan, Denis Theisse, directeur du Centre culturel
Jacques-Brel et ami de la famille.

Jean-Marie Demange (au centre), député fraîchement élu,
lors de la visite de Jacques Chirac, alors Premier ministre,
de la base aérienne 128 Metz-Frescaty, le 20 décembre 1986.
À sa gauche, Jean-Marie Rausch,
président du conseil général de Moselle.

Jean-Marie Demange (au centre)
lors du vernissage de l'exposition de Serge Assier,
Hommage à René Char, « À l'ombre d'elles »
en 1991 (modèle body painting : Martine).

Au Centre Jacques-Brel de Thionville,
lors d'une fête de l'association. Jean-Marie Demange
est alors député et futur candidat à la mairie.

© Le Républicain Lorrain – Pierre Heckler

Jacques-Chirac aux côtés de Jean-Marie Demange,
en visite à l'Institut de soudure de Thionville (janvier 1995).

© Le Républicain Lorrain

Dernière photographie de Jean-Marie Demange
(premier plan à gauche), prise lors de la cérémonie
du 11 Novembre 2008, six jours avant le drame.
Bertrand Mertz, maire de Thionville, est à droite sur la photo.

© Francis Demange

Jean-Marie Demange accueille le grand-duc Henri
et la grande-duchesse Maria Teresa du duché
du Luxembourg à la mairie de Thionville (19 septembre 2006)
pour l'inauguration de la Maison du Luxembourg à Thionville.
Il sera distingué au Luxembourg pour son engagement européen,
et fait commandeur dans l'ordre du Mérite
grand-ducal en juin 2008.

Louis Lutz dans son atelier travaillant
sur la sculpture *L'Union,* commande de Jean-Marie Demange
pour la ville de Thionville.

La sculpture *L'Union* dans le square Jean-Marie Pelt, place de la République, à Thionville.

REMERCIEMENTS

Merci infiniment à

Marie-Paule ANDRES, Serge ASSIER, Alain BEHR, Ludovic BEHRLE, Pierre CUNY, Wayne DANZA, Betty DUJARDIN, René DROUIN, Alicia HIBLOT, Vianney HUGUENOT, Élise LÉPINE, Jean-Claude JACOBY, Thomas H. COOK, Louis LUTZ, Patrick LUXEMBOURGER, Bernadette MALGORN, Nathalie MAURET, Bertrand MERTZ et son épouse, Daniel PAYNTAR, Stéphane ROSA, Mélody SADAFONTE, Pascal SALCIARINI, Laurence SCHMITT, Lilas SEEWALD, Anne-Sophie THÉBERT, Denis THEISSE, Patricia TOURANCHEAU, Marie-Thérèse VIGUIER, Didier WALDUNG, Marie-Jo ZIMMERMANN, mon mari, ma fille, mon fils et son copain Félix.